O tigre

Kate DiCamillo

O tigre

Tradução Valter Lellis Siqueira
Revisão da tradução Monica Stahel

São Paulo 2020

*Esta obra foi publicada originalmente em inglês
com o título THE TIGER RISING, por Walker Books, Londres.
Copyright © 2001 Kate DiCamillo para o texto publicado
por acordo com Walker Books Ltd, Londres SE11 5HJ.
Copyright © 2001 Chris Sheban para ilustração da capa.
Copyright © 2006, Livraria Martins Fontes Editora Ltda.,
São Paulo, para a presente edição.*

*Todos os direitos reservados. Nenhuma parte deste livro pode
ser reproduzida, transmitida, televisionada ou arquivada
em sistemas de busca por nenhuma forma ou meio gráfico,
eletrônico ou mecânico incluindo fotocópia, digitação ou
gravação sem prévia autorização do proprietário.*

1ª edição 2006
2ª edição 2020

Tradução
VALTER LELLIS SIQUEIRA

Revisão da tradução
Monica Stahel
Acompanhamento editorial
Luzia Aparecida dos Santos
Revisões
Daniela Lima Alvares
Maria Luiza Favret
Dinarte Zorzanelli da Silva
Produção gráfica
Geraldo Alves
Paginação
Moacir Katsumi Matsusaki

Dados Internacionais de Catalogação na Publicação (CIP)
(Câmara Brasileira do Livro, SP, Brasil)

DiCamillo, Kate
 O tigre / Kate DiCamillo ; tradução Valter Lellis Siqueira ;
revisão da tradução Monica Stahel. – 2ª ed. – São Paulo : Editora WMF Martins Fontes, 2020.

 Título original: The tiger rising.
 ISBN 978-65-86016-03-1

 1. Literatura infantojuvenil I. Stahel, Monica. II. Título.

20-34486   CDD-028.5

Índices para catálogo sistemático:
1. Literatura infantil   028.5
2. Literatura infantojuvenil   028.5

Cibele Maria Dias – Bibliotecária – CRB-8/9427

Todos os direitos desta edição reservados à
Editora WMF Martins Fontes Ltda.
*Rua Prof. Laerte Ramos de Carvalho, 133 01325-030 São Paulo SP Brasil
Tel. (11) 3293.8150 e-mail: info@wmfmartinsfontes.com.br
http://www.wmfmartinsfontes.com.br*

Para meu irmão

Agradeço a Matt Pogatshnik
por me ter oferecido a música,
a Bill Mockler por ler sempre,
à Fundação McKnight
por me garantir paz de espírito,
a Jane Resh Thomas por acender uma
luz no caminho, a Tracey Bailey
e Lisa Beck por serem amigas
de todas as horas,
a minha mãe por recomendar
que eu jamais desistisse, e a Kara LaReau
por acreditar que eu conseguiria…
e que consigo. E que conseguirei.

Capítulo 1

Aquela manhã, depois de encontrar o tigre, Rob foi esperar o ônibus da escola embaixo do luminoso do Motel Estrela do Kentucky, como fazia todos os dias. O luminoso do Estrela do Kentucky era composto por uma estrela amarela de néon que subia e descia por cima de um mapa do estado de Kentucky em néon azul. Rob gostava daquele luminoso; alguma coisa indefinida, mas muito forte, dizia que ele lhe traria boa sorte.

Encontrar o tigre fora uma sorte, e ele sabia disso. Tinha ido ao bosque que ficava atrás do Estrela do Kentucky sem um propósito definido, apenas vagando, na esperança de talvez se perder ou ser devorado por um urso, para nunca mais ter que ir à escola. Foi então que viu o velho posto de gasolina de Beauchamp, todo recoberto de tábuas e quase desabando. Ao lado do posto havia uma jaula e, dentro dela, por mais incrível que fosse, um tigre – um tigre de verdade, enorme, que andava de um lado para o outro. Era alaranjado e dourado, com um brilho tão forte que parecia o próprio sol, zangado e trancado numa jaula.

Era de manhã bem cedo e parecia que ia chover; fazia quase duas semanas que chovia todos os dias. O céu estava cinzento, o ar denso e parado. A neblina se agarrava ao chão. Para Rob, era como se o tigre fosse mágico, saído do meio da neblina. Surpreso e espantado com sua descoberta, o menino ficou parado, olhando. Mas só por um minuto; não quis olhar demais para o tigre, receando que ele desaparecesse. Então ele se voltou e saiu correndo pelo bosque, em direção ao Estrela do Kentucky. Durante o caminho de volta para casa, seu cérebro duvidava do que tinha visto, embora o coração lhe marcasse o compasso da verdade: ti-gre; ti-gre; ti-gre.

Era nisso que Rob estava pensando enquanto esperava o ônibus sob o luminoso do Estrela do Kentucky: no tigre. Não pensava nas feridas avermelhadas nas pernas, que coçavam sem parar e desciam, serpenteando, até dentro de seus sapatos. Seu pai lhe dissera que coçariam menos se ele não pensasse nelas.

E ele também não pensava na mãe. Não pensava nela desde a manhã do enterro, a manhã em que não conseguia parar de chorar, com soluços intensos, que lhe faziam doer o peito e o estômago. O pai o observava, a seu lado, e também começara a chorar.

Aquele dia, os dois estavam de terno. O do pai estava apertado. E, quando o pai deu um tapa em Rob para que ele parasse de chorar, seu paletó rasgou embaixo da manga.

— Não adianta chorar — disse o pai, mais tarde. — Isso não vai trazê-la de volta.

Seis meses haviam-se passado, seis meses desde que ele e o pai mudaram-se de Jacksonville para Lister; e Rob, desde então, não chorara nem uma vez.

A última coisa em que ele não pensou naquela manhã foi em entrar no ônibus. Especificamente, não pensou nem em Norton nem em Billy Threemonger, que o esperavam como cães de guarda amarrados, famintos, ansiosos por atacar.

Rob tinha um jeito especial de não pensar nas coisas. Ficava se imaginando como uma mala de viagem bem cheia, como aquela que eles tinham abarrotado quando saíram de Jacksonville depois do enterro. Ele enfiava todos os seus sentimentos dentro da mala; arrumava-os bem apertados lá dentro e, então, sentava-se na mala para poder fechá-la. Era assim que ele não pensava nas coisas. Às vezes era difícil conservar a mala fechada. Mas agora ele tinha uma coisa para pôr em cima dela: o tigre.

Então, enquanto esperava o ônibus sob o luminoso do Estrela do Kentucky e as primeiras gotas de chuva começavam a cair do céu tristonho, Rob imaginou o tigre em cima de sua mala, piscando os olhos dourados, orgulhoso e forte, imune a todos os não-pensamentos que teimavam em querer sair lá de dentro.

Capítulo 2

— Vejam só quem está aí! — disse Norton Threemonger, logo que Rob entrou no ônibus escolar. — É a Estrela do Kentucky. Como é que a gente se sente quando é estrela? — e Norton ficou parado no meio do corredor, bloqueando a passagem de Rob.

Rob levantou os ombros.

— Ah, ele não sabe — disse Norton a seu irmão. — Ei, Billy, ele não sabe como a gente se sente quando é estrela.

Rob se encolheu, passou por Norton, foi até o fundo do ônibus e se sentou no último banco.

— Ei — disse Billy Threemonger —, sabe de uma coisa? Aqui não é o Kentucky, é a Flórida.

Ele foi atrás de Rob e se sentou ao lado dele. Aproximou tanto o rosto que Rob chegou a sentir seu hálito desagradável, de cheiro metálico e pútrido.

— Você não é nenhuma estrela do Kentucky — disse Billy, com os olhos brilhando sob a aba do boné John Deere. — E, com certeza, não vai ser estrela aqui na Flórida. Não vai ser estrela em lugar nenhum.

— Tudo bem — disse Rob.

Billy deu-lhe um empurrão. Então, Norton foi se pavoneando até o fundo do ônibus, inclinou-se sobre Billy e agarrou o cabelo de Rob com uma das mãos, enquanto lhe pressionava o couro cabeludo com os nós dos dedos da outra.

Rob continuou sentado, sem reagir. Se reagisse, aquilo iria durar mais tempo. Se não reagisse, talvez eles acabassem por se cansar e o deixassem em paz. Até o ônibus chegar à cidade, só os três meninos viajavam nele, e o motorista, sr. Nelson, fingia não perceber o que estava acontecendo. Continuava a dirigir olhando para a frente, assobiando canções sem melodia. Rob sabia que estava sozinho.

— Ele está coberto dessa coisa nojenta – disse Billy, apontando para as pernas de Rob. – Olhe só! Não é nojento?

— É – disse Norton, com os dedos ocupados, pressionando a cabeça de Rob. Doía muito, mas Rob não chorava. Ele nunca chorava. Era craque em não chorar. Ninguém no mundo conseguia evitar o choro como ele. Isso deixava Norton e Billy Threemonger furiosos. Além disso, aquele dia Rob tinha a força extra do tigre. Era só pensar no tigre. Ele sabia que, assim, não choraria de jeito nenhum. Nunca mais.

Ainda estavam a meio caminho da cidade quando o ônibus deu uma freada brusca. Foi tão inesperado o ônibus parar no meio do caminho, que Norton parou de apertar o couro cabeludo de Rob e Billy parou de dar-lhe socos no braço.

— Ei, sr. Nelson – gritou Norton. – O que está fazendo?

— Aqui não é ponto de parada, sr. Nelson – gritou Billy, solícito.

Mas o sr. Nelson ignorou os dois. Continuou a assobiar sua não-canção e abriu a porta do ônibus. Enquanto Norton, Billy e Rob observavam pasmos e em silêncio, uma menina de cabelos loiros e vestido de renda cor-de-rosa subiu os degraus e entrou no ônibus.

Capítulo 3

Ninguém usava vestido de renda cor-de-rosa para ir à escola. Ninguém. Até Rob sabia disso. Ele prendeu a respiração, observando a menina avançar pelo corredor do ônibus. Ali estava alguém mais estranho que ele, com toda a certeza.

— Ei — gritou Norton —, este é um ônibus escolar.

— Eu sei — respondeu a menina. Sua voz era séria e grave e as palavras soavam recortadas e estranhas, como se ela as talhasse com um molde de cortar biscoitos.

— Você está vestida para uma festa — disse Billy.
— Este ônibus não é de festa — acrescentou ele, cutucando as costelas de Rob com o cotovelo.

— Ah, ah — riu Norton, dando um tapão amistoso na cabeça de Rob.

A menina, em pé no meio do corredor, balançava-se com o movimento do ônibus. Ficou olhando para eles e, por fim, disse:

— Não é culpa minha se vocês não têm roupas boas — e ela se sentou, dando-lhes as costas.

— Ei — disse Norton —, desculpe. Não quisemos ofender. Ei, como é seu nome?

A menina virou-se para eles. Ela tinha o nariz e o queixo pontudos e os olhos muito pretos.

— Sistina — disse ela.

— Sistina — berrou Billy. — Que nome mais bobo é esse?

— É o nome da capela — acrescentou ela, lentamente, pronunciando cada palavra de maneira nítida e forte.

Rob olhou para ela, espantado.

— O que está olhando? — perguntou ela.

Rob balançou a cabeça.

— É isso aí — disse Norton, dando um tapa na orelha de Rob. — O que você está olhando, seu peste? — e, voltando-se para Billy, disse: — Venha aqui.

Juntos, com ar de desprezo, os irmãos caminharam pelo corredor do ônibus e se sentaram atrás da novata.

Começaram a sussurrar coisas para ela, mas Rob não conseguia ouvir o que diziam. Pensou na Capela Sistina. Tinha visto a foto dela no livro de arte que a srta. Dupree tinha na biblioteca, numa prateleira atrás de sua escrivaninha. As páginas do livro eram lisas e lustrosas, e cada foto era como um copo d'água num dia de calor, fazendo Rob sentir-se confortado e aliviado por dentro. A srta. Dupree deixava Rob olhar o livro porque o menino se comportava bem na biblioteca. Era uma espécie de recompensa.

No livro, a foto do teto da Capela Sistina mostrava Deus estendendo o braço para Adão. Era como se estivessem brincando de pega-pega e Deus estivesse "pegando" Adão. Era uma bela foto.

Pela janela, Rob olhou para a chuva cinzenta, para o céu cinzento e para a estrada cinzenta. Pensou no tigre. Pensou em Deus e Adão. E pensou em Sistina. Não pensou nas feridas, nem na mãe, nem em Norton e Billy Threemonger. Sua mala permanecia fechada.

Capítulo 4

Sistina estava na classe de Rob, na sexta série. A sra. Soames pediu que ela ficasse em pé e se apresentasse à turma.

— Meu nome é Sistina Bailey — disse ela, com voz rouca, em pé diante da classe com seu vestido cor-de-rosa. E todas as crianças olhavam para ela, boquiabertas, como se a menina tivesse acabado de sair de uma nave espacial vinda de outro planeta. Rob baixou os olhos e fixou a carteira. Não conseguia olhar para ela. Começou a desenhar o tigre.

— Que nome bonito — disse a sra. Soames.

— Obrigada — disse Sistina.

Patrice Wilkins, que se sentava na frente de Rob, pigarreou e, em seguida, começou a rir, cobrindo a boca com a mão.

— Eu sou da Filadélfia, Pensilvânia — disse Sistina —, terra do Sino da Liberdade, e detesto o Sul porque o povo daqui é ignorante. E não vou ficar aqui em Lister. Meu pai vem me buscar a semana que vem — seus olhos percorreram a sala, desafiadores.

— Bem — disse a sra. Soames —, muito obrigada por ter se apresentado, Sistina Bailey. Agora vá para o seu lugar antes que diga mais alguma coisa desagradável.

A observação fez toda a classe rir. Rob levantou os olhos no momento em que Sistina ia se sentar. Ela olhou fixo para ele e mostrou-lhe a língua. *Para ele!* O menino balançou a cabeça e voltou para seu desenho.

Ele desenhou o tigre, mas o que queria fazer era entalhá-lo em madeira. Sua mãe o havia ensinado a entalhar, a pegar um pedaço de madeira e fazê-lo adquirir vida. Ela o ensinara quando estava doente. Rob se sentava na beira da cama e observava atentamente suas pequenas mãos brancas.

— Não balance a cama — dizia-lhe o pai. — Sua mãe sente muita dor.

— Ele não está me incomodando, Robert — dizia a mãe.

— Não se canse com isso — dizia o pai.

— Tudo bem — respondia a mãe. — Só estou ensinando ao Rob algumas coisas que sei.

Mas ela dizia que não tinha muito o que lhe ensinar, que ele já sabia como fazer, que as mãos dele sabiam.

— Rob — disse a professora —, vá até a sala do diretor.

Rob não a ouviu. Estava ocupado com o tigre, tentando lembrar como eram seus olhos.

— Robert — disse a sra. Soames. — Robert Horton — então ele ergueu os olhos. Robert era o nome de seu pai. Era por aquele nome que sua mãe costumava chamar o marido. — O sr. Felmer quer que você vá à sala dele. Entendeu?

— Sim, senhora — disse Rob.

O menino se levantou, dobrou o desenho do tigre e o colocou no bolso de trás da calça. Quando ia saindo da sala, Jason Uttmeir esticou o pé para fazê-lo tropeçar e disse:

— Vejo você mais tarde, retardado.

E Sistina voltou para ele seus pequenos olhos escuros. Era um olhar de puro ódio.

Capítulo 5

A sala do diretor era pequena e escura e cheirava a fumo de cachimbo. Quando viu Rob, a secretária lhe disse, balançando os cabelos loiros:

— Entre direto. Ele está esperando você.

— Rob — disse o sr. Felmer quando o menino entrou.

— Pois não, senhor — disse Rob.

— Sente-se — disse o sr. Felmer, indicando com a mão a cadeira de plástico laranja diante de sua escrivaninha.

Rob sentou-se.

O sr. Felmer limpou a garganta, ajeitando com a mão o chumaço de cabelo penteado para trás, por cima da careca. Tornou a limpar a garganta.

— Rob, estamos um pouco preocupados — disse ele por fim.

Rob concordou com a cabeça. Era assim que o sr. Felmer começava todas as suas conversas. Estava sempre preocupado: preocupado porque Rob não se integrava com os outros alunos, preocupado porque ele não se comunicava, preocupado porque ele não estava indo bem na escola.

— É sobre as suas, ah, pernas. É. Suas pernas. Você tem colocado aquele remédio nelas?

— Tenho — respondeu Rob. Em vez de olhar para o sr. Felmer, o menino olhava para a parede de madeira atrás do diretor, coberta de papéis emoldurados: certificados, diplomas e cartas de agradecimento.

— Posso, ah, ver? — perguntou o sr. Felmer. Ele se levantou da cadeira, contornou a escrivaninha e examinou as pernas de Rob.

— Muito bem — disse ele, depois de um minuto. Voltou para trás da escrivaninha e se sentou. Juntou as mãos e estalou os dedos. E tornou a limpar a garganta.

— A situação é a seguinte, Rob. Alguns pais, e não vou citar nomes, estão preocupados, pois acham que essa coisa que você tem nas pernas pode ser contagiosa. Contagioso significa uma coisa que pode passar para os outros alunos – o sr. Felmer tornou a limpar a garganta e olhou para Rob. – Diga-me a verdade, filho – disse ele. – Você está usando o remédio? Aquele que o médico de Jacksonville lhe receitou? Você está passando o remédio nas pernas?

– Estou – disse Rob.

– Bem – disse o sr. Felmer –, deixe-me lhe dizer o que acho. Vou ser bem direto e franco. Acho que seria bom você ficar em casa por uns dias. Vamos deixar que esse remédio comece a fazer efeito, que comece a operar seu milagre em você. Então, quando suas pernas estiverem curadas, você poderá voltar para a escola. O que acha da idéia?

Rob olhou para suas pernas. Sentiu o desenho do tigre queimando no bolso. Procurou impedir que seu coração começasse a cantar alto de alegria.

– Tudo bem – disse ele, lentamente –, acho que está certo.

– Muito bem – disse o sr. Felmer. – Sabia que você ia concordar. Vou escrever um bilhete para os seus pais, quero dizer, para o seu pai, contando o que está acontecendo; se ele quiser, poderá me telefonar para conversarmos sobre o problema.

— Sim, senhor — tornou a dizer Rob, mantendo a cabeça baixa. Tinha medo de olhar para cima.

O sr. Felmer limpou a garganta, coçou a cabeça, arrumou o chumaço de cabelo e, então, começou a escrever.

Quando terminou, entregou o bilhete a Rob. O menino pegou o bilhete e, quando já estava fora da sala do diretor, dobrou-o com cuidado e colocou-o no bolso de trás, junto com o desenho do tigre.

Finalmente, ele sorriu. Sorriu porque sabia uma coisa que o sr. Felmer não sabia. Sabia que as feridas de suas pernas nunca desapareceriam.

Ele estava livre.

Capítulo 6

Rob passou o resto da manhã flutuando. Assistiu às aulas de matemática, estudos sociais e ciências com o coração leve, animado pela idéia de que nunca mais teria que voltar à escola.

Na hora do almoço, sentou-se num dos bancos do corredor. Não foi para o refeitório, pois Norton e Billy Threemonger estavam lá. E nada tinha gosto bom desde que a mãe morrera, especialmente a comida da escola, que era pior do que a comida que o pai tentava fazer.

Sentou-se no banco e desdobrou o desenho do tigre, com os dedos latejando de vontade de transformá-lo em escultura de madeira. Estava ali sentado, balançando as pernas e examinando o desenho, quando ouviu gritos e aquele ruído de entusiasmo, parecido com o cantar dos grilos, que as crianças faziam quando alguma coisa estava acontecendo.

Ficou onde estava. Pouco depois, a porta vermelha do refeitório se escancarou, e Sistina Bailey saiu por ela, de cabeça erguida. Atrás dela vinha um grupo de crianças. No exato momento em que Sistina viu Rob sentado no banco, uma das crianças atirou alguma coisa nela, alguma coisa que Rob não soube dizer o que era. Mas, fosse o que fosse, acertou a menina.

— Corra! — ele quis gritar para ela. — Corra o mais que puder!

Mas não disse nada. Sabia que não devia dizer nada. Continuou sentado, olhando para Sistina boquiaberto; ela também olhou para ele. Então, a menina deu meia-volta e avançou para o grupo de crianças, como se avançasse para dentro de águas profundas.

De repente, a menina começou a dar socos, e também a girar e dar chutes. O grupo de crianças fechou um círculo em torno dela, e Sistina pareceu sumir. Rob levantou-se para enxergar melhor. Viu um pedaço do vestido cor-de-rosa de Sistina. Parecia um trapo, todo amarrotado, e ela agitava os braços como louca.

— Ei! — gritou Rob, sem querer. — Ei! — tornou a gritar, com mais força. E ele se aproximou, ainda com o desenho do tigre na mão. — Deixem a garota em paz! — ele gritou, sem acreditar que tinha pronunciado essas palavras.

Os colegas o ouviram e se viraram para ele. Fez-se silêncio por um instante.

— Com quem está falando? — perguntou uma menina alta, de cabelos pretos.

— É — disse outra menina —, com quem acha que está falando?

— Vá embora — murmurou Sistina com sua voz rouca, sem olhar para ele. Seus cabelos loiros estavam grudados na testa, de tanto suor.

A menina de cabelos pretos aproximou-se dele e deu-lhe um empurrão.

— Deixem a garota em paz — repetiu Rob.

— É você que vai me obrigar? — perguntou a menina de cabelos pretos.

Todos olhavam para ele. Sistina também estava à espera de que ele fizesse alguma coisa. Rob olhou para o chão e viu o que haviam jogado nela. Era uma maçã. Ficou olhando para a fruta por um tempo que lhe pareceu enorme. E, quando ergueu os olhos, ainda estavam todos esperando para ver o que ele faria.

Então ele saiu correndo. Depois de alguns instantes, percebeu que estavam correndo atrás dele; não foi preciso olhar para trás para saber que estavam lá. Ele já sabia. Conhecia a sensação de ser perseguido. Deixou cair o desenho do tigre e correu mais ainda, movendo as pernas e os braços com força. Eles continuavam atrás dele. Um súbito arrepio percorreu-lhe o corpo quando percebeu que estava salvando Sistina Bailey.

Não sabia dizer por que tentava salvar Sistina Bailey, por que desejava salvar alguém que o odiava. Apenas corria, e a sineta da escola tocou antes que o alcançassem. Rob acabou se atrasando para a aula de inglês, pois teve que andar do ginásio até a frente da escola. E não conseguiu encontrar o desenho do tigre. Mas ainda tinha no bolso de trás o bilhete do sr. Felmer, a única coisa que realmente importava. Aquele bilhete era a prova de que nunca mais teria que voltar à escola.

Capítulo 7

O dia acabou sendo extraordinário em quase todos os sentidos. Tinha começado com a descoberta do tigre e estava terminando com Sistina Bailey sentada ao lado de Rob no ônibus, na volta para casa. O vestido dela estava rasgado e cheio de lama. Havia um arranhão em seu braço direito e seu cabelo se espalhava para cem lados diferentes. Sistina sentou-se no banco vago ao lado de Rob e olhou-o com seus olhos escuros.

— Não tenho outro lugar para sentar — disse ela. — Este é o último lugar vago.

Rob levantou os ombros.

— Não é que eu queira me sentar aqui — disse ela.

— Tudo bem — disse Rob, tornando a levantar os ombros. Ele esperava que ela não lhe agradecesse.

— Como é o seu nome? — perguntou ela.

— Rob Horton — respondeu ele.

— Bem, vou lhe dizer uma coisa, Rob Horton. Você não devia ter corrido. É isso que eles querem que você faça. Querem que você corra.

Rob encarou-a, boquiaberto. Ela também o encarou.

— Eu odeio isto aqui — disse ela, desviando o olhar, com a voz ainda mais grave que antes. — Esta cidade é estúpida e atrasada, com professores estúpidos e atrasados. Ninguém na escola sabe o que é a Capela Sistina.

— Eu sei — disse Rob. — Eu sei o que é a Capela Sistina — e imediatamente ele se arrependeu de dizer aquilo. Sua política era a de nunca dizer as coisas, uma política difícil de manter perto de Sistina.

— Duvido que você saiba — disse Sistina, com desdém. — Duvido que você saiba.

— É um quadro de Deus fazendo o mundo — disse ele.

Sistina olhou para ele com firmeza e franziu os olhos até quase desaparecerem.

— Fica na Itália — disse Rob. — As figuras estão pintadas no teto. São afrescos — era como se um mágico o tivesse enfeitiçado. O menino abria a boca e as palavras saíam, uma atrás da outra, como moedas de ouro. E ele não conseguia parar de falar. — Não preciso mais ir à escola. É por causa de minhas pernas. Tenho um bilhete que prova isso. O sr. Felmer, o diretor, disse que os pais estão com medo de que o que eu tenho seja contagioso, quer dizer, que passe para as outras crianças.

— Eu sei o que significa *contagioso* — disse Sistina, olhando para as pernas dele. E, então, ela fez uma coisa incrível: fechou os olhos, estendeu a mão e a colocou na perna direita de Rob.

— Por favor, deixe isso passar para mim — sussurrou ela.

— Não vai passar para você — disse Rob, surpreso com a mão dela, tão pequena e quente. Aquela mão o fez pensar, por um instante, na mão de sua mãe, pequena e macia. Mas deteve o pensamento. — Não é contagioso — disse ele.

— Por favor, deixe passar para mim — voltou a sussurrar Sistina, ignorando-o e conservando a mão em sua perna. — Por favor, deixe que passe para mim, assim também não preciso ir à escola.

— Não é doença. Eu é que me machuco todo — disse Rob.

— Cale a boca — disse Sistina, empertigada. Seus lábios tremiam. As outras crianças gritavam, riam e chamavam-se pelos nomes, mas os dois se mantiveram à parte, sentados sozinhos, como se o lugar deles fosse uma ilha naquele mar de suor e cansaço.

Sistina abriu os olhos. Tirou a mão da perna de Rob e esfregou-a em suas próprias pernas.

— Você é louca — disse Rob.

— Onde você mora? — perguntou Sistina, sempre esfregando a mão nas pernas.

— No hotel. No Estrela do Kentucky.

— Você mora num hotel de beira de estrada? — disse ela.

— Não é para sempre — respondeu ele. — É só até conseguirmos melhorar de vida.

Sistina ficou olhando para Rob.

— Vou levar as lições de casa para você — disse ela. — Posso levar ao hotel.

— Não quero — disse Rob.

— Por quê? — perguntou Sistina.

A essa altura, Norton e Billy Threemonger perceberam os dois sentados juntos e começaram a se aproximar. Rob ficou aliviado quando levou o primeiro tapa na nuca, pois isso significava que não teria que continuar conversando com Sistina. Significava que não teria que falar muito, fazendo comentários sobre coisas importantes, como sua mãe ou o tigre. Estava quase feliz por Norton e Billy terem batido nele, obrigando-o a ficar em silêncio.

Capítulo 8

O pai leu o bilhete do diretor lentamente, passando o indicador sob as palavras, como se fossem insetos que ele procurasse imobilizar. Quando finalmente terminou, pôs o bilhete na mesa, esfregou os olhos e suspirou. A chuva caía num ritmo triste sobre o telhado do hotel.

– Isso não passa para ninguém – disse-lhe o pai.

– Eu sei – respondeu Rob.

– Já falei isso uma vez para o diretor. Fui até lá e conversei com ele.

– Eu sei – disse Rob.

O pai tornou a suspirar. Parou de esfregar os olhos e voltou-se para Rob.

– Você quer ficar em casa? – perguntou ele.

Rob fez que sim com a cabeça.

O pai suspirou de novo.

— Talvez eu marque uma consulta e peça para um médico escrever que isso que você tem não é contagioso. Certo?

— Certo — disse Rob.

— Mas vou esperar uns dias. Vou-lhe dar uma folga.

— Tudo bem — disse Rob.

— Você tem que brigar com eles, sabe? Com os garotos. Sei que você não quer. Mas precisa brigar com eles, senão nunca eles vão lhe dar sossego.

Rob concordou com a cabeça. Viu Sistina girando, dando socos e pontapés, e essa visão o fez sorrir.

— Enquanto isso, você pode me ajudar aqui — disse o pai. — Pode me ajudar na manutenção do hotel, pode varrer e limpar o quarto para mim. Beauchamp está acabando comigo. Todas as horas do dia não são suficientes para eu fazer tudo o que ele quer. Agora vamos, me dê esse remédio.

O pai começou a passar o ungüento com cheiro de peixe nas pernas de Rob, e o menino se empenhou em não mexer as pernas.

— Você acha que Beauchamp é o homem mais rico do mundo? — ele perguntou ao pai.

— Não — respondeu o pai. — Agora ele só tem este hotelzinho. E o bosque. Ele só gosta de fingir que é rico. Por quê?

— Estava só pensando — disse Rob. Estava pensando no tigre andando de um lado para o outro na jaula. Tinha certeza de que o tigre pertencia a Beauchamp. Será que não era preciso ser o homem mais rico do mundo para ter um tigre? Rob queria desesperadamente tornar a ver o tigre. Mas tinha medo de que tudo aquilo fosse imaginação sua. Tinha medo de que o tigre tivesse desaparecido com a neblina da manhã.

— Posso brincar lá fora? — perguntou Rob, depois que o pai terminou de lhe passar o remédio.

— Não — disse o pai. — Não quero que a chuva lave esse remédio de suas pernas. Ele custou caro.

Rob ficou quase aliviado por ter de ficar em casa. E se ele fosse procurar o tigre e não o encontrasse?

Para o jantar, o pai fez macarrão com queijo, no fogareiro de duas bocas que ficava em cima da mesa, perto da televisão. Mas ele deixou o macarrão cozinhar demais, e grande parte ficou grudada na panela, de modo que não sobrou muito para jogar o queijo em cima.

— Um dia — o pai disse a Rob — nós dois vamos ter uma casa com fogão de verdade, e eu vou fazer uma comida gostosa.

— Vai ser bom — mentiu Rob.

— Coma o quanto quiser. Eu não estou com muita fome — disse-lhe o pai.

Depois do jantar, o pai adormeceu na cadeira reclinável, com a cabeça jogada para trás e a boca aberta. Enquanto roncava, seus pés, grandes e com dedos tortos, se agitavam e tremiam. Entre os roncos, seu estômago gorgolejava alto, como se ele fosse o homem mais faminto do mundo.

Rob sentou-se na cama e começou a entalhar o tigre. Tinha um bom pedaço de madeira de bordo, sua faca estava bem afiada e, mentalmente, conseguia enxergar o tigre com clareza. Mas na madeira acabou surgindo uma coisa diferente. Não era um tigre de jeito nenhum. Era uma pessoa de nariz pontudo, olhos pequenos e pernas finas. Só depois que começou a trabalhar no vestido Rob percebeu que estava entalhando Sistina.

Parou por um instante, olhando a madeira e balançando a cabeça, admirado. Bem que sua mãe sempre dizia: nunca dá para saber o que vai sair da madeira. Ela faz o que quer e a gente só obedece.

Ficou acordado até tarde, trabalhando no entalhe. Quando finalmente adormeceu, sonhou com o tigre, só que ele não estava na jaula. Corria solto pelo bosque, com alguma coisa em suas costas, mas Rob não conseguia distinguir o que era. À medida que o tigre foi chegando mais perto, Rob viu que era Sistina, com seu vestido de festa cor-de-rosa, montada no tigre. No sonho, Rob acenou para ela. Ela também acenou, mas não se deteve. Sistina e o tigre continuaram avançando, passaram por Rob e entraram no bosque.

Capítulo 9

Na manhã seguinte, o pai de Rob o acordou às cinco e meia.

– Vamos, filho – disse ele, sacudindo-o pelo ombro. – Agora você é um trabalhador, precisa levantar cedo. – Tirou a mão, ficou debruçado sobre Rob por mais alguns instantes e, então, foi embora.

Rob ouviu a porta do quarto do hotel ranger. Abriu os olhos. O mundo estava escuro. A única luz vinha da estrela cadente do luminoso do hotel. Rob virou-se na cama, puxou a cortina e olhou para o luminoso pela janela. Era como se ele tivesse sua própria estrela cadente, mas nunca lhe tinha feito um pedido. Tinha medo de começar a querer as coisas e não conseguir mais parar. Em sua mala de não-pensamentos também havia não-desejos. Também era para impedi-los de sair que mantinha a mala bem fechada

Rob apoiou-se no cotovelo, olhou para a estrela e ouviu a chuva tamborilar com os dedos suavemente no telhado. Tinha no estômago uma espécie de sensação cálida e luminosa, uma sensação à qual não estava acostumado. Levou um instante para poder dar-lhe um nome. O tigre. O tigre estava lá no bosque. Saiu da cama e vestiu *shorts* e camiseta.

— Ainda está calor — disse o pai quando Rob saiu pela porta. — E ainda está chovendo.

— É — disse Rob, esfregando os olhos —, está mesmo.

— Se não parar logo, o estado inteiro vai virar um imenso pântano.

— A chuva não me incomoda — murmurou Rob.

No dia do enterro da mãe, o sol estava tão forte que seus olhos ardiam. E, depois do enterro, ele e o pai tiveram que ficar em pé sob o sol quente e brilhante para apertar a mão de todo o mundo. Algumas senhoras abraçaram

Rob, apertando-o contra o corpo com movimentos desajeitados e desesperados, enterrando-lhe a cabeça nos peitos fofos.

— Você se parece muito com ela — diziam-lhe, embalando-o e apertando-o com força.

Ou, então, diziam: — Você tem o cabelo de sua mãe, aquela teia amarela — e corriam os dedos por seus cabelos, afagando-lhe a cabeça como se ele fosse um cachorrinho.

E, toda vez que o pai de Rob estendia a mão para outra pessoa, Rob via o rasgão no terno dele, que se abrira quando dera um tapa em Rob para fazê-lo parar de chorar. E isso servia de lembrete para o menino: *Não chore. Não chore.*

Era nisso que o sol o fazia pensar: no enterro. Portanto, não se importaria se nunca tornasse a ver o sol. Não se importaria se todo o estado se transformasse *mesmo* num pântano.

O pai se levantou, voltou para o quarto do hotel, encheu uma xícara de café e a trouxe para fora. O vapor que saía da xícara se elevava no ar.

— Agora que sou um trabalhador — disse Rob timidamente —, posso tomar café?

O pai sorriu. — Bem — disse ele —, acho que não há mal nenhum nisso.

Rob foi até o quarto, encheu uma caneca de café, trouxe-a para fora, sentou-se ao lado do pai e foi bebendo lentamente. O café estava quente, forte e amargo. Rob gostou.

– Muito bem – disse o pai depois de uns dez minutos –, está na hora de começar a trabalhar – e ele se levantou. Ainda não eram seis horas.

Enquanto caminhavam lado a lado pelos fundos do hotel até o barracão da manutenção, o pai começou a assobiar "Em busca do ouro". Era uma canção triste que ele sempre cantava com a mãe de Rob. A voz dela, aguda e suave, pairava acima da voz grave do pai, como um passarinho voando acima do mundo sólido.

O pai deve ter se lembrado da mesma coisa, pois parou no meio da canção, balançou a cabeça e praguejou baixinho.

Rob deixou o pai tomar-lhe a frente. Diminuiu o passo e olhou para o bosque, querendo enxergar alguma partezinha do tigre, um pedacinho de sua cauda ou o brilho de seus olhos. Mas não havia nada para ver além da chuva e do escuro.

– Vamos, filho – disse-lhe o pai, em tom severo. E Rob correu para alcançá-lo.

Capítulo 10

Rob estava varrendo a lavanderia quando a faxineira do Estrela do Kentucky, Willie May, entrou e se jogou numa das cadeiras de metal que se alinhavam encostadas na parede de blocos de cimento.

— Sabe de uma coisa? — ela disse a Rob.

— Não sei, não — disse ele.

— Pois vou lhe dizer — disse Willie May. Levantando os braços, ela arrumou a fivela de borboleta nos cabelos negros e grossos. — Eu preferia limpar um chiqueiro de porcos a limpar os quartos depois que os hóspedes saem. Os porcos, pelo menos, têm mais respeito pela gente.

Rob apoiou-se na vassoura e olhou para Willie May. Gostava de olhar para ela. Seu rosto era liso e escuro, como um belo pedaço de madeira. E Rob gostava de pensar que, se tivesse entalhado Willie May, ele a teria feito exatamente como ela era: nariz longo, ossos da face bem proeminentes e olhos oblíquos.

– O que está olhando? – perguntou Willie May. Seus olhos se apertaram. – Por que você não está na escola?

Rob levantou os ombros. – Não sei – disse ele.

– Como "não sabe"?

Rob tornou a levantar os ombros.

– Não fique mexendo os ombros para cima e para baixo na minha frente, como se fosse um passarinho velho tentando voar. Você quer acabar limpando quartos de hotel para viver?

Rob balançou a cabeça.

– Certo. Ninguém quer esse emprego. Sou a única tonta que Beauchamp pode pagar para fazer o serviço. Você precisa ir para a escola – disse ela –, senão vai acabar como eu – ela balançou a cabeça, enfiou a mão no bolso do vestido e tirou um cigarro e dois tabletes de goma de mascar de alcaçuz. Pôs um deles na boca, ofereceu o outro a Rob, acendeu o cigarro, reclinou-se na cadeira e fechou os olhos. – Então

— disse ela. O cheiro de cigarro e alcaçuz enchia lentamente a lavanderia. Diga-me por que não está na escola.

— Porque minhas pernas estão cheias de feridas — disse Rob.

Willie May abriu os olhos e, por cima dos óculos, olhou para as pernas de Rob.

— Hummm — disse ela depois de um instante. — Há quanto tempo você tem isso?

— Há uns seis meses — disse Rob.

— Sei como curar isso — disse Willie May, apontando-lhe as pernas com o cigarro. — Posso lhe dizer agora mesmo. Não precisa nem ir ao médico.

— É? — disse Rob, parando de mascar o alcaçuz e prendendo a respiração. E se Willie May o curasse e ele tivesse que voltar à escola?

— É tristeza — disse Willie May, fechando os olhos e balançando a cabeça. — Você acumula toda essa tristeza nas pernas. Você não deixa a tristeza subir para o coração, que é o lugar dela. Precisa deixar que ela suba.

— Ah! — disse Rob, soltando a respiração. Sentiu-se aliviado. Willie May estava enganada. Não podia curá-lo.

— O diretor acha que isto é contagioso — disse ele.

— Ele não sabe o que diz — retrucou Willie May.

— Ele tem uma porção de diplomas — disse Rob. — Estão todos emoldurados e pendurados na parede.

— Aposto que ele não tem diploma de bom senso — disse Willie May, sombria. Levantou-se e se espreguiçou. — Preciso ir limpar uns quartos — disse ela. — Você não vai esquecer o que eu lhe disse sobre as pernas, vai?

— Não, senhora — disse Rob.

— O que foi que eu disse, então? — perguntou ela, colocando-se na frente dele. Willie May era alta, a pessoa mais alta que Rob já tinha visto.

— Para deixar a tristeza subir — disse Rob. Repetiu as palavras como se fossem parte de um poema. Falou-as com um certo ritmo, do mesmo jeito que Willie May as dissera.

— Isso mesmo — disse Willie May. — Você tem que deixar essa tristeza subir.

Ela saiu da sala em meio a uma nuvem de alcaçuz e fumaça. Depois que ela se foi, Rob lamentou não ter falado sobre o tigre. De repente, sentiu uma necessidade urgente de contar para alguém, alguém que não duvidasse dele; alguém que fosse capaz de acreditar em tigres.

Capítulo 11

Aquela tarde, Rob estava na frente do Estrela do Kentucky, arrancando o matinho que crescia entre as rachaduras da calçada, quando ouviu o ruído do ônibus escolar.

— Ei! — ouviu Norton Threemonger gritar.

Rob não olhou. Continuou concentrado nos matinhos.

— Ei, homem-doença! — gritou Norton. — Sabe o que você tem? Isso se chama lepra.

— É! — berrou Billy. — Lepra! Seu corpo inteiro vai se despedaçar.

— Ele vai *apodrecer* inteiro! — gritou Norton.

— É! — urrou Billy. — É isso que eu quis dizer. *Apodrecer*. Seu corpo inteiro vai apodrecer.

Rob ficou olhando para a calçada e imaginou o tigre comendo Norton e Billy Threemonger e depois cuspindo seus ossos.

— Ei! — gritou Norton. — Sua namoradinha está chegando, homem-doença.

O ônibus tossiu, pigarreou e, por fim, se afastou bufando. Rob ergueu os olhos. Sistina caminhava na direção dele. Estava de vestido verde-limão. Quando ela se aproximou, Rob viu que seu vestido estava todo rasgado e sujo.

— Eu trouxe sua lição de casa — disse ela, entregando-lhe um caderno vermelho cheio de folhas soltas. As juntas de seus dedos sangravam.

— Obrigado — disse Rob, pegando o caderno. Estava decidido a não lhe dizer mais nada. Estava decidido a guardar as palavras dentro dele, onde elas deviam ficar.

Sistina olhou para o hotel atrás dele. Era um prédio feio, de dois andares, atarracado e pequeno, todo feito de blocos de cimento. As portas dos quartos eram pintadas de cores diferentes, rosa, azul ou verde, e diante de cada porta havia uma cadeira da mesma cor.

— Por que este lugar se chama Estrela do Kentucky? — perguntou Sistina.

— Porque sim — respondeu Rob. Foi a resposta mais curta em que ele conseguiu pensar.

— Porque sim o quê? — perguntou ela.

Rob suspirou. — Porque Beauchamp, o proprietário, teve um cavalo chamado Estrela do Kentucky.

— Bem — disse Sistina —, é um nome imbecil para um hotel que fica na Flórida.

Rob levantou os ombros.

Começou a chover; Sistina estava na frente dele e continuava a olhar. Olhou para o hotel, depois para a estrela que piscava no luminoso e, em seguida, para Rob, como se fosse uma equação matemática que ela estivesse tentando resolver mentalmente.

A chuva fez o cabelo grudar na cabeça da menina e o vestido colar-lhe no corpo. Rob olhou para seu rosto pequeno e estreito, para as articulações que sangravam, para os olhos negros e começou a sentir alguma coisa se abrir dentro dele. Era assim que ele se sentia quando começava a entalhar um pedaço de madeira, sem saber o que sairia, e, depois de observá-lo bem, reconhecia alguma coisa.

Respirou fundo. Abriu a boca e deixou as palavras saírem. – Eu sei onde tem um tigre.

Sistina continuou em pé, embaixo da chuva fina, olhando para ele com seus olhos negros e penetrantes.

Ela não perguntou: "Um tigre de verdade?"
Não disse: "Você está louco?"
Não disse: "Você é um tremendo mentiroso."
Só disse uma palavra: – *Onde?*
E Rob então se deu conta de que havia escolhido a pessoa certa para contar seu segredo.

Capítulo 12

— Temos que passar pelo bosque — disse Rob, lançando um olhar de dúvida para o vestido de cor berrante de Sistina e seus lustrosos sapatos pretos.

— Você pode me emprestar uma roupa sua — disse ela. — De qualquer modo, eu detesto este vestido.

Então ele a levou até o quarto. Sistina ficou em pé, olhando para as camas desarrumadas e a cadeira reclinável toda rasgada. Seus olhos caminharam do estojo do rifle do pai de Rob até a panela de macarrão da noite anterior, ainda em cima do fogareiro elétrico. Olhou tudo do mesmo modo que olhara para o luminoso do Estrela do Kentucky, para o hotel e para Rob, como se estivesse tentando resolver mentalmente um problema matemático.

Então viu seus entalhes, a estranha coleção de coisas de madeira que ele havia feito. Estavam todas numa bandeja, ao lado de sua cama.

— Ah! — disse ela, num tom diferente, mais leve. — Onde você conseguiu essas coisas?

Inclinou-se sobre a bandeja e examinou os entalhes, o melro azul, o pinheiro, o luminoso do Estrela do Kentucky e aquele do qual ele se orgulhava particularmente: o pé direito do pai, em tamanho natural e com detalhes muito precisos, até o dedinho. Ela pegava um a um e colocava-os de volta, com todo o cuidado.

— Onde você os conseguiu? — tornou a perguntar.

— Fui eu que fiz — respondeu Rob.

Em vez de duvidar dele, como fariam algumas pessoas, ela falou:

— Michelangelo, o homem que pintou o teto da Capela Sistina, também esculpia. Você é um escultor. Um artista.

— Não — disse Rob, balançando a cabeça. Sentiu uma onda quente de vergonha e alegria percorrer-lhe o corpo. As feridas começaram a queimar como fogo. Ele se curvou e esfregou as mãos nas pernas, tentando acalmá-las. Quando voltou a se aprumar, viu que Sistina pegara o entalhe que ele havia feito dela. Rob o havia deixado na cama, com a intenção de voltar a trabalhar nele aquela noite.

Prendeu a respiração enquanto ela examinava o pedaço de madeira. Parecia-se tanto com ela, com as pernas finas, os olhos pequenos e a postura desafiadora, que ele tinha certeza de que Sistina ficaria zangada. Porém, mais uma vez, ela o surpreendeu.

— Ah! — disse ela, maravilhada. — Está perfeito. É como se estivesse me olhando num espelhinho de madeira — ficou olhando para o entalhe durante um minuto e, em seguida, colocou-o cuidadosamente na cama.

— Arranje umas roupas para mim — disse ela — e vamos ver o tigre.

Rob lhe deu um par de *jeans* e uma camiseta, saiu do quarto e ficou esperando por ela.

Ainda chovia, mas não era uma chuva forte. Ele olhou para a estrela cadente do luminoso. Por um segundo pensou em um dos não-desejos que estavam bem enterrados no fundo dele:

um amigo. Olhou para a estrela e sentiu a esperança, a carência e o medo correndo dentro dele num arco quente de néon. Sacudiu a cabeça.

— Não — disse ele para a estrela do luminoso. — Não.

Então, deu um suspiro e esticou as pernas na chuva, na esperança de refrescá-las, na esperança de sentir um alívio, por menor que fosse.

Capítulo 13

Os dois iam andando juntos pelo mato. A chuva havia parado, mas o mundo inteiro estava molhado. Os pinheiros, as palmeiras e os tristes grupos de laranjeiras mortas pingavam água.

– Foi aqui que minha mãe cresceu – disse Sistina, balançando os braços enquanto andava. – Aqui mesmo, em Lister. E ela disse que sempre pensava que, se conseguisse sair daqui, nunca mais voltaria. Mas agora ela voltou porque meu pai está tendo um caso com a secretária; o nome dela é Bridgette e ela nem sabe digitar, o que é muito ruim, mesmo, para uma secretária. E minha mãe o abandonou quando descobriu tudo. Ele vem me buscar. Logo, logo.

Provavelmente a semana que vem. Eu vou morar com ele. Aqui eu não fico, isso é certo.

Rob sentiu uma solidão familiar surgir e lhe passar o braço sobre os ombros. Ela não ia ficar. Não adiantava desejar: a mala precisava continuar fechada. Olhou para os sapatos lustrosos de Sistina e quis que sua tristeza fosse embora.

— Não faz mal que seus sapatos se sujem? — perguntou ele.

— Não — respondeu ela. — Eu detesto estes sapatos. Detesto todas as roupas que minha mãe me faz usar. Sua mãe mora com você?

Rob balançou a cabeça. — Não — disse ele.

— Onde ela está?

Rob levantou os ombros.

— Minha mãe vai abrir uma loja no centro da cidade. Vai ser uma loja de objetos de arte. Ela vai trazer um pouco de cultura para este lugar. Ela poderia vender algumas de suas esculturas de madeira.

— Não são esculturas — protestou Rob. — São apenas entalhes, só isso. E temos que ficar quietos, pois o Beauchamp não gosta que as pessoas andem pelas terra dele.

— Isto é propriedade dele? — perguntou Sistina.

— Tudo é dele — respondeu Rob. — O hotel e este bosque.

— Ele não pode ser dono de tudo — retrucou Sistina. — Além disso — acrescentou —, não me importo. Ele que nos pegue. Ele que nos mande para a cadeia por invasão de propriedade. Não estou nem aí.

— Se formos para a cadeia, não vamos ver o tigre — disse Rob.

— Onde está sua mãe? — perguntou Sistina, de repente, detendo-se e olhando para ele.

— Psiu! — disse Rob. — Fique quieta — e ele continuou a caminhar.

— Não vou ficar quieta — disse Sistina, atrás dele. — Quero saber onde está sua mãe.

Rob se voltou e olhou para ela, que estava com as mãos na cintura. E os olhos negros bem apertados.

— Não quero ver esse tigre estúpido! — gritou ela. — Não dou a mínima para ele. Você não sabe conversar com as pessoas. Eu lhe contei sobre meu pai, minha mãe e Bridgette, e você não me contou nada. Nem quer falar da sua mãe —

ainda com as mãos na cintura, ela se virou e começou a andar de volta para o Estrela do Kentucky. – Fique com seus segredos estúpidos! – ela gritou. – Fique também com seu tigre estúpido. Não estou nem aí.

Rob ficou olhando. Como ela estava com os *jeans* e a camiseta dele, era como se olhar num daqueles espelhos malucos de parque de diversões. Era como observar a si mesmo indo embora. Ele levantou os ombros e se inclinou para coçar as pernas. Disse para si mesmo que também não dava a mínima para aquilo tudo. Disse para si mesmo que, de qualquer maneira, logo ela iria embora.

Mas, quando viu que ela ia diminuindo cada vez mais, lembrou-se do sonho. Lembrou-se de Sistina cavalgando pelo bosque montada no tigre. E, de repente, não suportou a idéia de vê-la desaparecer de novo.

– Espere! – gritou ele. – Espere! – e saiu correndo atrás dela.

Sistina virou-se e parou. Esperou por ele com as mãos na cintura.

– Então? – disse ela, quando Rob chegou mais perto.

— Ela morreu — disse ele. As palavras saíram curtas e entrecortadas. — Minha mãe morreu.

— Tudo bem — disse Sistina. Fez um movimento de cabeça rápido e formal, andando até ele. Rob se voltou. E, juntos, saíram andando de novo, na direção do tigre.

Capítulo 14

A jaula era de tela de arame enferrujado. Um painel servia de teto e havia uma porta também de tela de arame, fechada por três cadeados. Dentro da jaula, o tigre continuava andando de um lado para o outro, exatamente como da última vez que Rob o vira, como se não tivesse parado de caminhar ou como se Rob não tivesse ido embora.

– Ah! – disse Sistina, no mesmo tom de quando tinha visto os entalhes de Rob. – Ele é lindo!

– Não chegue muito perto – ordenou Rob. – Ele pode não gostar.

Mas o tigre os ignorou. Estava concentrado em seu caminhar. Era tão grande e brilhante que era difícil olhar diretamente para ele.

— É exatamente como diz o poema — disse Sistina, suspirando.

— O quê? — perguntou Rob.

— Aquele poema. Aquele que diz: "Tigre, tigre, viva chama, que as florestas da noite inflama..." Aquele poema. É assim mesmo. Ele parece uma chama brilhante.

— Ah — disse Rob, balançando a cabeça. Agradou-lhe o som impetuoso e belo daquelas palavras. Estava prestes a pedir a Sistina que as repetisse, quando ela se virou e ficou de frente para ele.

— O que ele está fazendo aqui? — perguntou ela.

— Não sei — disse Rob, levantando os ombros. — Acho que é do Beauchamp.

— O que do Beauchamp? — disse Sistina. — Um animal de estimação?

— Não sei — disse Rob. — Gosto de ficar olhando para ele. Talvez o Beauchamp também goste. Talvez ele só queira tê-lo aqui para poder olhar para ele.

— Isso é egoísmo — disse Sistina.

Rob levantou os ombros.

— Não é certo este tigre ficar numa jaula. Não é certo.

— Não podemos fazer nada — disse Rob.

— Poderíamos soltá-lo — disse Sistina. — Poderíamos libertá-lo — acrescentou, pondo as mãos na cintura. Era um gesto que Rob já reconhecia e que o punha de sobreaviso.

— Não podemos — disse ele. — E todos esses cadeados?

— Podemos serrá-los.

— Não — disse Rob. A simples idéia de soltar o tigre fazia suas pernas coçarem loucamente.

— Temos que libertá-lo — disse Sistina, em voz alta e firme.

— Não, não — disse Rob. — O tigre não é nosso, não podemos soltá-lo.

— Mas temos que salvá-lo — disse Sistina, indignada.

O tigre parou de andar. Mexeu as orelhas para trás e para a frente, olhando para algum lugar além de Sistina e Rob.

— Psiu! — disse Rob.

O tigre ergueu a cabeça. Os três aguçaram os ouvidos.

— É um carro — disse Rob. — Um carro está chegando. É o Beauchamp. Temos que ir embora. Venha.

Agarrou-a pela mão e puxou-a para o bosque. Ela correu junto com ele. Deixou que ele a tomasse pela mão, que era incrivelmente pequena e magrinha, delicada como o esqueleto de um filhote de passarinho.

Correram juntos, e Rob sentiu o coração bater forte dentro dele, não de medo ou de cansaço, mas de outra coisa. Era como se sua alma tivesse crescido e estivesse empurrando para cima tudo o que havia em seu corpo. Era um sentimento estranhamente familiar, mas Rob não conseguia lembrar como se chamava.

— Ele está atrás de nós? — perguntou Sistina, sem fôlego.

Rob levantou os ombros. Era difícil mover os ombros para cima e para baixo e segurar a mão de Sistina ao mesmo tempo.

— Pare de levantar os ombros para mim — disse Sistina. — Eu detesto isso. Por que tem que fazer isso o tempo todo?

Isso fez Rob lembrar-se de quando Willie May dissera que, quando ele mexia os ombros, parecia um passarinho magro tentando voar. Desta vez, achou graça na comparação dela. Riu alto ao pensar nisso. E, sem lhe perguntar do que ele estava rindo, sem largar a mão dele e sem parar de correr, Sistina também riu.

Então, Rob lembrou como se chamava o sentimento que estava subindo dentro dele e inundando-o até transbordar. Era felicidade. Era esse o seu nome.

Capítulo 15

Quando chegaram ao estacionamento do hotel, já estava escuro e os dois riam tanto que mal conseguiam andar.

— Rob? — disse o pai, diante da porta do quarto. A luz cinza que vinha de dentro envolvia-o todo.

— Sim, senhor — disse Rob, largando a mão de Sistina e se recompondo.

— Onde você esteve?

— Lá no bosque.

— Você fez tudo o que eu mandei?

— Fiz — disse Rob.

— Quem está com você? — perguntou o pai, apertando os olhos para enxergar melhor no escuro.

Sistina também endireitou as costas.

— Esta é a Sistina — disse Rob.

— Ahã — disse o pai, ainda procurando enxergá-los. — Você mora por aqui?

— Por enquanto — disse Sistina.

— Seus pais sabem que você está aqui?

— Eu ia telefonar para a minha mãe — disse Sistina.

— Há um telefone público na lavanderia — disse o pai de Rob.

— Na lavanderia? — repetiu Sistina, incrédula. Levou as mãos à cintura.

— Não temos telefone no quarto — disse-lhe Rob, em voz baixa.

— Puxa vida! — disse Sistina. — Bem, será que, pelo menos, vocês me arrumam uma moeda?

O pai de Rob enfiou a mão no bolso da calça e puxou uma porção de moedas. Juntou o dinheiro na palma da mão, como se estivesse se preparando para fazer uma mágica; Rob deu um passo à frente, apanhou as moedas e entregou-as a Sistina.

— Quer que eu vá com você? — perguntou ele.

— Não — disse ela. — Eu consigo achar o telefone. Muito obrigada.

— Rob — disse o pai, enquanto Sistina se afastava balançando os braços —, por que essa menina está usando suas roupas?

— Ela estava de vestido — disse Rob. — Era bonito demais para usar no bosque.

— Venha cá — ordenou o pai. — Vamos passar aquele remédio nas suas pernas.

— Sim, senhor — disse Rob, indo para o quarto lentamente. Sua felicidade tinha-se evaporado. Suas pernas coçavam. E ele sabia que o quarto estaria escuro como uma caverna, iluminado apenas pela luz cinzenta da televisão.

Quando a mãe era viva, o mundo parecia cheio de luz. No Natal que antecedeu sua morte, ela enfeitara a casa deles, em Jacksonville, com centenas de lâmpadas brancas. Todas as noites, a casa brilhava como uma constelação e os três ficavam juntos lá dentro. E eram felizes.

Lembrando-se disso, Rob foi entrando no quarto. Balançou a cabeça e se recriminou por ter aberto a mala. Só de pensar naquelas coisas passadas, a escuridão parecia tornar-se ainda mais espessa.

Capítulo 16

Rob sentou-se no degrau diante do quarto e esperou Sistina voltar do telefonema. Tinha colocado seu vestido verde numa sacola de supermercado. Tentara dobrá-lo direitinho, mas chegara à conclusão de que dobrar vestido era uma tarefa impossível e desistira. Agora procurava manter a sacola afastada para que o remédio de suas pernas não a manchasse.

Ficou aliviado quando Sistina finalmente veio em sua direção, saindo da escuridão.

– Oi – disse ele.

– Oi – respondeu ela, sentando-se a seu lado. – Por que vocês não têm telefone?

Rob levantou os ombros. – Acho que não temos ninguém para quem telefonar.

— Minha mãe vem me buscar — disse Sistina.

Rob balançou a cabeça. — Aqui está o seu vestido — disse ele, entregando-lhe a sacola.

Sistina pegou-a e, então, ergueu a cabeça para olhar o céu. Rob também olhou. As nuvens tinham se afastado e havia manchas de céu claro onde brilhavam estrelas.

— Estou vendo a Ursa Maior — disse Sistina. — Gosto de olhar para as coisas que estão acima de minha cabeça. Minha mãe e meu pai também gostam. Foi assim que eles se conheceram. Estavam olhando o teto da Capela Sistina sem ver por onde andavam e deram um encontrão. É por isso que eu me chamo Sistina.

— Gosto do seu nome — disse Rob, todo tímido.

— Eu também já vi o teto da Sistina — disse ela. — Eles me levaram lá no ano passado, antes de a Bridgette aparecer. Quando eles ainda se amavam.

— É como nas fotos? — perguntou Rob.

— Melhor — disse Sistina. — É como... não sei explicar... é como olhar para fogos de artifício... mais ou menos isso.

— Ah! — disse Rob.

— Talvez um dia dê para irmos juntos para a Itália. Então eu lhe mostro o teto.

— Seria ótimo — disse Rob, sorrindo para a escuridão.

— O tigre não pode olhar para as estrelas — disse Sistina, endurecendo a voz. — Tem aquela tábua por cima da cabeça dele. Não pode olhar para cima. Temos que soltá-lo.

Rob ficou em silêncio. Tinha a esperança de que, se não lhe respondesse nada, ela voltasse a falar do teto da Sistina.

— Como foi que sua mãe morreu? — perguntou ela, de repente.

Rob suspirou. Sabia que não adiantava tentar não responder. — Câncer — disse ele.

— Como era o nome dela?

— Não posso ficar falando nela — disse Rob, fechando os olhos para as estrelas e concentrando-se em sua mala, esforçando-se por mantê-la fechada.

— Por que não? — perguntou Sistina.

— Porque... Meu pai diz que não é bom. Ele diz que ela se foi e não vai voltar. É por isso que nos mudamos de Jacksonville. Porque todo o mundo queria ficar falando na minha mãe. Mudamos para cá para levar a vida adiante.

Ouviu-se um ruído de pneus sobre o cascalho. Rob abriu os olhos a tempo de ver os faróis de um carro brilhando sobre eles.

— É minha mãe — disse Sistina, pondo-se em pé. — Rápido — disse ela —, diga-me o nome da sua mãe.

Rob sacudiu a cabeça.

— Diga — exigiu ela.

— Carolina — disse Rob, lentamente, abrindo um pouquinho a mala para deixar aquela palavra escapulir.

Sistina tornou a mover a cabeça daquele jeito formal. — Tudo bem — disse ela. — Vou voltar amanhã. E vamos fazer nossos planos para soltar o tigre.

— Sissy? — chamou uma voz. — Querida, o que houve? O que está fazendo aqui?

A mãe de Sistina saiu do carro e caminhou até eles. Estava de saltos altos e seus passos oscilavam no cascalho do estacionamento do Estrela do Kentucky. Ela tinha os cabelos loiros, mais claros que os de Sistina, e presos para cima. Quando ela virou a cabeça, Rob reconheceu o queixo fino e o nariz pontudo de Sistina, mas sua boca era diferente, mais apertada.

— Meu Deus! — disse a sra. Bailey a Sistina. — O que você está vestindo?

— Roupas — disse Sistina.

— Sissy, você parece uma mendiga. Entre no carro — disse-lhe a mãe, batendo os saltos altos no cascalho.

Sistina não se mexeu e permaneceu ao lado de Rob.

— Bem — disse a mãe, ao ver que ela não se mexia —, você deve ser o Rob. Como é o seu sobrenome, Rob?

— Horton — respondeu Rob.

— Horton — repetiu a sra. Bailey. — Horton. Você é parente do senador Seldon Horton?

— Não, senhora — disse Rob. — Acho que não.

Os olhos da sra. Bailey se afastaram dele e voltaram para Sistina. — Querida — disse a mãe —, por favor, entre no carro.

Como Sistina não se mexesse, a sra. Bailey suspirou e tornou a olhar para Rob. — Ela não dá ouvidos a uma só palavra do que eu digo. O pai é a única pessoa que ela ouve — e, abafando a voz, acrescentou baixinho: — O pai dela, aquele mentiroso.

Sistina soltou um grunhido do fundo da garganta, foi pisando duro até o carro, entrou e bateu a porta. — Você é que é mentirosa! — ela gritou, do assento traseiro do carro. — É você que diz mentiras!

— Jesus! — disse a sra. Bailey. Balançando a cabeça, voltou e caminhou para o carro, sem dizer uma palavra a Rob.

O menino ficou observando as duas se afastarem. Ainda conseguia ver Sistina no banco traseiro. Ela estava com os ombros caídos.

A porta de um quarto do hotel bateu. Alguém riu. Um cachorro deu um latido alto e agudo, calando-se em seguida. E, então, ficou só o silêncio.

— Carolina — sussurrou Rob, no escuro. — Carolina. Carolina. Carolina — a palavra deixava-lhe na boca um sabor tão gostoso quanto o de um doce proibido.

Capítulo 17

Na manhã seguinte, Rob foi ajudar Willie May na lavanderia. Os dois estavam dobrando os lençóis e mascando chiclete de alcaçuz.

A noite inteira ele se virara e se mexera, coçando as pernas, pensando no tigre e no que Sistina tinha dito: que precisavam soltar o animal. Por fim, resolveu pedir a opinião de Willie May.

— Você já esteve num zoológico? — perguntou-lhe Rob.

— Uma vez — disse Willie May, estourando uma bola de chiclete. — Fui àquele zoológico em Sorley. O lugar fedia.

— E você acha que os animais se importavam? Quer dizer, por estarem enjaulados?

– Ninguém perguntou se eles se importavam – Willie May puxou outro lençol da secadora e chacoalhou-o para abri-lo.

Rob tentou de novo. – Você acha errado manter os animais enjaulados?

Willie May olhou para ele por cima dos óculos, muito séria.

Rob baixou os olhos.

– Quando eu era garotinha – disse Willie May –, meu pai me trouxe um passarinho numa gaiola. Era um periquito verde, tão pequeno que cabia na palma da minha mão – ela jogou o lençol por cima do ombro e estendeu a mão em forma de concha para mostrar a Rob. Ele teve a impressão de que naquela mão cabia o mundo inteiro.

– Segurei-o na mão. Sentia seu coraçãozinho bater. Ele olhava para mim, mexendo a cabeça de um lado para o outro. Dei-lhe o nome de Grilo, porque ele cantava o tempo todo.

– O que aconteceu com ele? – perguntou Rob.

Willie May se abaixou e tirou uma fronha da secadora.

– Deixei-o ir embora – respondeu ela.

– Você o deixou ir embora? – repetiu Rob, sentindo o coração pesado como uma pedra.

— Eu não suportava vê-lo preso, então o soltei — disse ela, dobrando a fronha com cuidado.

— E, então, o que aconteceu?

— Meu pai me deu uma surra. Disse que eu não tinha feito nenhum favor àquele periquito. Disse que eu tinha era arranjado o jantar para alguma cobra.

— Então você nunca mais o viu? — perguntou Rob.

— Não — disse Willie May. — Mas às vezes ele aparece voando nos meus sonhos, voando e cantando — ela balançou a cabeça e pegou o lençol que estava em seu ombro. — Vamos lá — disse. — Vamos, pegue a outra ponta do lençol e me ajude a dobrá-lo.

Rob pegou o lençol e, enquanto o pano ondulava entre os dois, algo lhe veio à lembrança: seu pai, no meio do quintal, erguendo a espingarda para o céu e mirando um passarinho.

— Você acha que eu consigo acertá-lo? — perguntou o pai. — Acha que consigo acertar aquele passarinho tão pequeno?

— Robert — disse a mãe —, para que atirar num passarinho?

— Para provar que consigo — disse o pai.

Ouviu-se um estalo e o passarinho ficou suspenso no ar, preso por um instante ao céu pela bala do pai. Então, caiu.

— Oh, Robert — disse a mãe.

Rob sentiu uma dor no fundo da garganta ao pensar em tudo aquilo, ao pensar na espingarda, na mãe e no leve *baque* do passarinho caindo no chão.

— Eu sei de uma coisa que está numa gaiola — disse Rob, forçando as palavras a passarem pela barreira da garganta.

Willie May balançou a cabeça, sem ouvir nada. Ela olhava para além de Rob, para além dos lençóis brancos, para além da lavanderia, para além do Estrela do Kentucky.

— E quem não sabe? — disse ela, por fim. — Quem não sabe de alguma coisa presa numa gaiola?

Depois disso, os dois dobraram os lençóis em silêncio. Rob pensava no passarinho e em como, quando finalmente descobriu seu corpinho ainda quente, ele começara a chorar.

O pai lhe dissera para não chorar:

— Não há motivo para chorar. É só um passarinho.

Capítulo 18

Rob estava varrendo o passeio cimentado diante dos quartos do Estrela do Kentucky quando Beauchamp chegou, buzinando, em seu jipe vermelho.

— Ei, você! — berrou ele. Beauchamp era um homem encorpado, de cabelo e barba cor de laranja, sempre com um palito de dentes no canto da boca. Quando ele falava, o palito dançava, como se quisesse manifestar sua própria opinião. — Será que agora você também está na folha de pagamento? — gritou o dono do hotel.

— Não, senhor — disse Rob.

— Ótimo — grasnou Beauchamp, saltando do jipe. — Você está trabalhando de graça. É isso que eu gosto de ouvir.

— Sim, senhor — disse Rob.

— Você não devia estar na escola? Ou será que já se formou? — as correntes de ouro mergulhadas nos pêlos alaranjados do peito de Beauchamp tilintaram para Rob.

— Eu estou doente — disse Rob.

— Doente e cheio da escola, certo? — disse o homem, dando um tapinha nas costas de Rob. — Não tem mãe que fique lhe ditando regras, não é mesmo? Você tem que fazer suas próprias regras. Não é o meu caso — acrescentou Beauchamp, apontando na direção do escritório do hotel, onde sua mãe, Ida Belle, trabalhava na escrivaninha da frente.

Ele piscou para Rob e, em seguida, olhou para a direita e para a esquerda. — Preste atenção — disse ele, baixando a voz. — Tenho uma porção de coisas para fazer agora, mais do que consigo fazer. Estou pensando se um garoto esperto como você não gostaria de ganhar um dinheirinho extra.

Beauchamp não esperou Rob responder.

— Vou lhe contar o que está rolando. Você gosta de animais?

Rob fez que sim com a cabeça.

— É claro que gosta — disse o homem, também balançando a cabeça. — Qual menino não gosta? Você gosta de animais selvagens?

O coração de Rob deu um pulo. De repente, percebeu aonde Beauchamp pretendia chegar.

— Eu tenho um animal selvagem — disse ele. — Você não vai acreditar que animal é. Bem aqui na minha propriedade. E tenho planos para ele. Grandes planos. Mas, por enquanto, ele precisa de alguns cuidados, precisa ser tratado diariamente. Está me entendendo, filho?

— Sim, senhor — disse Rob.

— Muito bem — disse Beauchamp, dando outro tapinha no ombro de Rob. — Por que você não entra no jipe e vem ver do que eu estou falando?

— Eu preciso continuar varrendo — disse Rob, segurando a vassoura.

— Quem disse? — perguntou Beauchamp, subitamente irritado. — O seu pai? Ele não é o patrão. O patrão sou *eu*. E, se eu disser "vamos", você tem que dizer "sim, senhor".

— Sim, senhor — disse Rob. Olhando por cima do ombro, desejou com todas as forças que Willie May ou o pai aparecessem para salvá-lo de Beauchamp, embora soubesse que não podia ser salvo, que estava sozinho.

— Ótimo — disse Beauchamp. — Suba.

Rob subiu para o assento do passageiro. A seus pés havia um grande pacote de papel pardo.

— Vamos, ponha isso lá atrás — disse Beauchamp, enquanto se instalava ao volante.

O pacote era pesado e fedia. Rob o colocou cuidadosamente no chão da parte de trás e, então, olhou para suas mãos. Havia sangue em seus dedos.

— É da carne — disse Beauchamp. — Não vai lhe fazer nenhum mal — ele deu a partida no motor, que rugiu como se tivesse vida, e os dois foram para trás do Estrela do Kentucky e penetraram no bosque. Beauchamp dirigia como louco. Mirava as árvores e, no último instante, desviava delas, ziguezagueando e gritando o tempo todo.

— Você não vai acreditar no que vou lhe mostrar — berrou Beauchamp.

— Não, senhor — disse Rob, timidamente.

— O quê? — gritou Beauchamp.

— Não, senhor — repetiu Rob, também gritando. — Não vou acreditar.

Mas ele acreditava. Acreditava de todo o coração.

Capítulo 19

Beauchamp diminuiu a marcha.

— Estamos quase chegando — disse ele. — Feche os olhos porque é surpresa.

Rob fechou os olhos e o jipe avançou bem devagar. — Não vale abrir os olhos — disse Beauchamp. — Fique de olhos fechados.

— Sim, senhor — disse Rob.

— Tudo bem — disse Beauchamp, finalmente. — Pode abrir os olhos.

Ele havia aproximado o jipe o mais possível da jaula do tigre, quase encostando nela. — Diga o que está vendo — grasnou ele. — Diga o que está diante de seus olhos.

— Um tigre — disse Rob, deixando-se ficar boquiaberto e tentando parecer entusiasmado e surpreso.

— É isso aí — disse Beauchamp. — O rei da floresta. E é todo meu.

— Uau! — disse Rob. — O senhor é o dono dele?

— Isso mesmo — disse Beauchamp. — Um cara que eu conheço me devia dinheiro e me pagou com um tigre. É assim que os homens de verdade fazem negócio: pagando em tigre. E já veio com a jaula — o palito de dentes no canto da boca dançava para cima e para baixo. Beauchamp o fez ficar quieto com o dedo.

— O que o senhor vai fazer com ele? — perguntou Rob.

— Estou estudando as possibilidades. Acho que podia colocá-lo diante do Estrela do Kentucky, para atrair mais hóspedes para o hotel.

O tigre parou e ficou olhando para Beauchamp, que desviou o olhar e ficou tamborilando no volante com os dedos.

— Também posso simplesmente matá-lo — disse Beauchamp —, tirar-lhe a pele e fazer um casaco de tigre. Ainda não resolvi. Ele dá muito trabalho. Precisa comer carne duas vezes por dia. E é aí que você entra. Preciso que você venha alimentá-lo. Dois dólares cada vez que fizer isso. O que acha?

Rob engoliu em seco. — Como é que eu ponho a carne na jaula? — perguntou ele.

Beauchamp enfiou a mão no bolso e puxou um chaveiro. — Com isto aqui — disse ele, fazendo as chaves tilintarem. — Não se preocupe com as chaves grandes. São as dos cadeados da porta. Se você abri-los, o tigre com certeza vai devorá-lo. Entendeu? Eu não deveria lhe dar todas as chaves, mas sei que você não vai abrir essa porta. Certo? Você não é nenhum louco, certo?

Rob, petrificado por saber que as chaves da jaula existiam e que estavam prestes a lhe ser entregues, concordou com a cabeça.

— Está vendo esta chavinha? — perguntou Beauchamp.

Rob tornou a balançar a cabeça.

— Esta é a da porta da comida, bem ali — disse Beauchamp, apontando para uma portinhola no fundo da jaula. — Você abre e joga a carne lá dentro, um pedaço de cada vez. Assim.

Beauchamp saltou do jipe com um grunhido. Pegou o pacote de carne no banco de trás, tirou um pedaço, inclinou-se para abrir a portinhola e jogou a carne dentro da jaula. O tigre saltou para a frente e Beauchamp deu um rápido passo para trás, perdendo um pouco o equilíbrio.

— Como é o nome do tigre? — perguntou Rob.

— Nome? — disse Beauchamp. — Ele não tem nome. É preciso dar nome a uma coisa antes de lhe jogar um pedaço de carne?

Rob levantou os ombros e corou. Inclinou-se para coçar as pernas, para não ter que olhar para o rosto suado e irritado de Beauchamp.

— Quer que o apresente a ele? — disse Beauchamp, em tom de zombaria. — Bem, então desça do jipe.

Rob saltou do carro.

Beauchamp agarrou as barras da jaula e sacudiu-as. O tigre olhou, parando de comer. Seu focinho estava cheio do sangue da carne; ele lançou para Beauchamp um olhar penetrante, que Rob já conhecia.

— Ei! — gritou Beauchamp. — Está vendo este garoto aqui? — perguntou ele, apontando para Rob. — É ele que vai lhe dar de comer. E não eu. É este menino. Agora ele está com as chaves. Entendeu? Já não estão comigo, estão com ele. Ele é o seu garçom.

O tigre ficou olhando mais um pouco para Beauchamp e, então, abaixou lentamente a cabeça e voltou a se ocupar da carne.

— Agora vocês dois já se conhecem — disse Beauchamp. Puxou uma bandana toda rasgada do bolso e limpou o suor da testa.

No caminho de volta ao Estrela do Kentucky, Rob se deu conta de quem o olhar do tigre o fazia lembrar. Era de Sistina. Sabia que, quando lhe contasse que tinha as chaves da gaiola, seus olhos brilhariam com aquela mesma luz penetrante. Sabia que ela insistiria em que agora tinham que libertar o tigre.

Capítulo 20

A última coisa que Beauchamp lhe disse foi:

— Não esqueça, esse assunto é nosso, não diz respeito a mais ninguém. Pegue o pacote de carne e o esconda em algum lugar. Amanhã eu trago mais. Enquanto isso, fique de boca fechada.

Às três horas, o ônibus escolar parou, arrotando fumaça, tossindo e resfolegando. Norton e Billy Threemonger começaram a atirar tâmaras em Rob, antes mesmo que o ônibus parasse completamente. A porta do ônibus abriu e Sistina saiu correndo ao encontro dele, esquivando-se das tâmaras, séria como um soldado no campo de batalha.

— Vamos ver o tigre — ela gritou.

Rob ficou sem jeito por vê-la ainda usando seus jeans e camiseta.

— Onde está seu vestido? — ele se precipitou.

— Aqui — disse ela, mostrando-lhe a mesma sacola de supermercado que ele tinha lhe dado na noite anterior. — Eu me troquei assim que saí de casa. Minha mãe não sabe. Hoje achei um livro na biblioteca e li tudo sobre os grandes felinos. Você sabia que há panteras nos bosques daqui? Podíamos soltar o tigre e ele podia ir morar com elas. Vamos — disse ela, começando a correr.

Rob também correu. Mas as chaves da gaiola pesavam-lhe no bolso, batendo contra suas pernas e tornando-o mais lento, de modo que Sistina chegou primeiro. Quando Rob chegou, ela estava em pé diante da jaula, com os dedos enfiados na tela de arame.

— Os tigres são uma espécie em extinção, sabia? — perguntou ela. — Temos que salvá-lo.

— Cuidado para ele não atacar você — disse Rob.

— Ele não vai me atacar. Os tigres só atacam as pessoas quando estão famintos.

— Bem, este aqui não está faminto.

— Como é que você sabe? — perguntou Sistina, voltando-se para ele.

— Bem — disse Rob —, ele não está magro, não é mesmo? Não parece que esteja faminto.

Sistina olhou para ele, muito séria.

Rob abriu a boca e deixou escapar uma palavra: — *Chaves* — disse ele. E também disse todas as palavras mágicas secretas que ele sabia: — *Tigre, câncer, Carolina* —, todas as palavras de sua mala pareciam sair dele quando se viu diante de Sistina.

— O quê? — perguntou ela.

— As chaves — tornou ele a dizer. Limpou a garganta e continuou: — Eu estou com as chaves da jaula.

— Como?

— Beauchamp — disse ele. — Ele me contratou para alimentar o tigre. E me deu as chaves.

— Ótimo! — disse Sistina. — Agora é só abrir os cadeados e deixá-lo sair.

— Não — disse Rob.

— Você está louco? — perguntou ela.

— Não é seguro. Não é seguro para ele. Minha amiga Willie May tinha um passarinho e o soltou. E ele foi devorado.

— Isso é um absurdo — disse ela. — Isso é um tigre. É um tigre, não um passarinho. E não sei nem quero saber quem é Willie May. Você não pode me impedir de libertar o tigre. Faço isso até sem as chaves. Eu mesma vou serrar os cadeados.

— Não faça isso — disse Rob.

— Não faça isso — caçoou ela, imitando-o. Então, virou-se e começou a sacudir a jaula como Beauchamp tinha feito de manhã.

— Odeio este lugar — disse ela. — Não vejo a hora de meu pai vir me buscar. Quando ele vier, vou fazê-lo vir até aqui e soltar esse tigre. É a primeira coisa que vamos fazer — prosseguiu ela, sacudindo a jaula com mais força. — Vou tirar você daí — disse ela ao tigre, que andava de um lado para o outro. — Prometo — e continuou a sacudir a jaula, como se fosse ela a prisioneira. O tigre não parava de andar de um lado para o outro.

— Não faça isso — disse Rob.

Mas ela não parava. Sacudia a jaula e batia a cabeça contra a tela de arame; então, Rob percebeu que Sistina estava ofegante e teve medo de que estivesse se sufocando. Correu para seu lado e viu que ela estava chorando. *Chorando*. Sistina.

Ficou ao lado dela, aterrorizado e surpreso. Quando sua mãe era viva e ele ainda chorava por causa das coisas, era ela que o confortava. Punha a mão em sua nuca e dizia: "Pode chorar. Eu estou com você. Vou ficar aqui com você."

Antes que Rob conseguisse pensar se aquilo era certo ou errado, estendeu o braço e pôs a mão na nuca de Sistina. Sentiu sua pulsação, que coincidia com o andar do tigre. Sussurrou-lhe as mesmas palavras que a mãe lhe sussurrava: — Eu estou com você. Vou ficar aqui com você.

Sistina não parava de chorar. Parecia que nunca iria parar. E não pediu que ele tirasse a mão de sua nuca.

Capítulo 21

Já estava escuro quando voltaram para o Estrela do Kentucky. Sistina já não chorava, mas também não dizia nada, nem mesmo sobre soltar o tigre.

— Preciso telefonar para a minha mãe — disse ela, com voz cansada, quando chegaram ao hotel.

— Eu vou com você — disse Rob.

Ela não o impediu e os dois atravessaram o estacionamento. Estavam quase na lavanderia quando avistaram Willie May, no meio da escuridão. Estava encostada em seu carro, fumando um cigarro.

— Buuu! — disse ela a Rob.

— Ei! — retrucou ele.

— Tem alguém seguindo você — disse ela, voltando-se para Sistina.

— Esta é a Sistina — disse Rob. Então, virou-se para Sistina e disse: — Está é a Willie May, aquela de quem lhe falei, a que tinha um passarinho e o soltou.

— E daí? — disse Sistina.

— Daí nada — disse Willie May. Seus óculos refletiam a luz da estrela cadente do luminoso do Kentucky. — Daí que era uma vez meu passarinho.

— Por que fica aí no estacionamento, tentando assustar os outros? — perguntou Sistina, com voz severa e zangada.

— Não estou tentando assustar ninguém — disse Willie May.

— Wille May trabalha aqui — disse Rob.

— É isso mesmo — disse Willie May, pondo a mão no bolso do vestido e puxando uma caixa de chiclete. — Sabe de uma coisa? — disse ela a Sistina. — Eu conheço você. Não precisa se apresentar. Você é enfezada. Tem toda a raiva do mundo dentro de você. Reconheço a raiva quando deparo com ela. Senti raiva a maior parte da minha vida.

— Eu não tenho raiva de nada — disse Sistina, com energia.

— Tudo bem — disse Willie May, abrindo a caixa de chiclete. — Então, além de estar com raiva, você é mentirosa. Pegue um — prosseguiu, oferecendo um chiclete a Sistina.

Sistina ficou olhando para Willie May durante um bom tempo, e Willie May sustentou-lhe o olhar. Os últimos raios de luz do dia haviam desaparecido e a escuridão avançava. Rob prendeu a respiração. Queria desesperadamente que uma gostasse da outra. Quando Sistina finalmente estendeu a mão e pegou o chiclete de Willie May, ele soltou a respiração, aliviado.

Willie May meneou a cabeça para Sistina e ofereceu um chiclete para Rob. Ele aceitou e colocou-o no bolso, reservando-o para mais tarde.

Willie May acendeu outro cigarro e deu uma risada. — Não é a mão de Deus que fez isso — disse ela —, ou seja, aproximar vocês dois? — e, balançando a cabeça, acrescentou: — Este menino cheio de tristeza, aprisionando essa tristeza lá embaixo, nas pernas. E você — prosseguiu, apontando Sistina com o cigarro —, você cheia de raiva, raiva que sai e explode como um raio. Vocês formam uma bela dupla, essa é que é a verdade — então, levantou os braços acima da cabeça, espreguiçou-se, tornou a baixá-los e desencostou-se do carro.

Sistina ficou olhando para Willie May, boquiaberta. — Qual é a sua altura? — perguntou.

— Mais de um metro e oitenta — disse Willie May. — Agora tenho que ir para casa. Mas, antes, vou lhe dar um conselho. Já dei um conselho a este menino. Está pronta para receber o seu?

Sistina concordou com a cabeça, a boca ainda entreaberta.

— É o seguinte: não vai aparecer ninguém para salvar você — disse Willie May, abrindo a porta do carro e se sentando ao volante. — Você tem que salvar a si mesma. Entende o que eu quero dizer?

Sistina ficou olhando para Willie May, sem dizer nada.

Willie May deu a partida no motor. Rob e Sistina ficaram observando-a se afastar.

— Acho que ela é uma profetisa — disse Sistina.

— Uma o quê? — perguntou Rob.

— Uma profetisa — disse Sistina. — Elas estão pintadas lá no teto da Capela Sistina. São mulheres por meio das quais Deus fala.

— Ah — disse Rob —, uma profetisa. A palavra revirou-se na sua boca. — Profetisa — tornou a dizer. E meneou a cabeça, concordando. Parecia certo. Se Deus fosse falar por meio de alguém, Rob achava justo Ele escolher Willie May.

Capítulo 22

— Você foi de novo ao bosque com aquela menina? — perguntou o pai, assim que Rob entrou no quarto.

— Fui — disse Rob.

— Dê uma olhada aqui, filho — o pai estava em pé ao lado da cama de Rob.

— O que foi? — disse Rob, sentindo o coração se apertar. Sabia o que seu pai tinha descoberto: a carne. Ele a escondera embaixo da cama até que fosse hora de alimentar o tigre de novo.

— De onde veio esta carne? — perguntou o pai, apontando para o pacote de papel pardo todo cheio de sangue.

— Beauchamp — disse Rob, sem pensar.

— Beauchamp — repetiu o pai, em voz baixa e sombria. — Beauchamp. Ele mal me paga o suficiente para a nossa sobrevivência e agora nos dá carne podre. Ele acha que eu não sou homem para pôr carne em minha própria mesa.

Rob quis dizer alguma coisa, mas pensou em Beauchamp e ficou calado.

— Preciso lhe dar uma lição — disse o pai. Os tendões de seu pescoço estavam saltados e duros como gravetos. — Preciso mesmo — acrescentou, chutando o pacote de carne. — Ele me faz trabalhar a troco de nada e nos dá carne podre.

O pai foi até o estojo do rifle. Mas não o abriu. Só ficou olhando, estalando os dedos.

— Papai — disse Rob. Mas não conseguiu pensar em nada mais para dizer. Sua mãe saberia acalmar o pai. Colocaria a mão no braço dele ou diria seu nome com voz suave e repreensiva, e isso bastaria. Mas Rob não sabia fazer essas coisas. Ficou parado mais alguns instantes. Então, foi até a cama e pegou um pedaço de madeira e a faca. Quando saiu do quarto, o pai ainda estava junto ao estojo fechado, olhando para o rifle como se quisesse que ele saísse sozinho do estojo e lhe viesse às mãos.

Rob foi até o luminoso do Estrela do Kentucky. Sentou-se embaixo dele, encostou-se num de seus frios suportes metálicos e começou a trabalhar a madeira.

Mas sua mente estava congestionada pela ira do pai e pelas lágrimas de Sistina. Ele não conseguia se concentrar. Olhou para a parte de baixo do luminoso, que permanecia escura, e veio-lhe a lembrança de estar deitado num cobertor, olhando para o alto de um grande carvalho. Sua mãe estava a seu lado e o pai, do outro lado, dormia e roncava. Lembrou que a mãe pegou-lhe a mão, apontou para o sol que brilhava entre as folhas da árvore e disse: — Veja, Rob, nunca vi um tom de verde mais bonito que esse. Não é perfeito?

— É, mamãe — disse ele, olhando para as folhas. — Parece o verde original. O primeiro em que Deus pensou.

A mãe apertou-lhe a mão com força. — É isso mesmo — disse ela. — O primeiro em que Deus pensou. O primeiro verde. Nós, você e eu, vemos o mundo do mesmo modo.

Rob se concentrou naquele verde. Deixou que ele escorresse através de uma fenda de sua mala de não-pensamentos e lhe enchesse a cabeça de cor. Imaginou se o Grilo de Willie May também teria aquele verde original brilhante. Era nisso que pensava enquanto entalhava. E não ficou surpreso quando se deteve e afastou o pedaço de madeira, vendo nele uma asa, um bico e um olhinho. Era Grilo, o Grilo de Willie May, adquirindo vida sob sua faca.

Trabalhou no pássaro por bastante tempo, até ficar tão real que parecia que ia começar a cantar. Quando finalmente voltou ao quarto, encontrou o pai dormindo na cadeira reclinável. O estojo do rifle ainda estava trancado e o pacote de carne tinha desaparecido. Não poderia alimentar o tigre na manhã seguinte. Teria que esperar Beauchamp trazer outro pacote.

Rob aproximou-se do pai e olhou para ele. Olhou para as mãos pesadas e a calva da cabeça, que subia e descia. Estava tentando memorizá-lo e, ao mesmo tempo, entendê-lo, entender o sentido de sua raiva e de seu silêncio, compará-los à maneira como ele costumava cantar e sorrir. De repente, o pai estremeceu e acordou.

— Oi — disse ele.

— Oi — respondeu Rob.

— Que horas são?

— Não tenho certeza — disse Rob. — Acho que é tarde.

O pai deu um suspiro. — Vá buscar aquele remédio para as pernas.

Rob trouxe-lhe o tubo de remédio.

Fora do quarto do hotel, o mundo crepitava e suspirava. A chuva recomeçara, e as mãos do pai estavam suaves ao aplicarem o remédio nas pernas de Rob.

Capítulo 23

Na manhã seguinte, Rob pôs as chaves da jaula do tigre num dos bolsos e o passarinho de madeira no outro e saiu à procura de Willie May.

Encontrou-a na lavanderia, sentada numa das cadeiras de dobrar, fumando um cigarro e olhando para o ar.

– Oi – disse ela. – Onde está sua amiguinha?

– Na escola – disse Rob. – Mas hoje é só meio período – acrescentou, mantendo as mãos nos bolsos. Agora que estava diante de Willie May, teve medo de lhe mostrar o passarinho. E se estivesse errado? E se o que ele havia entalhado estivesse errado e não se parecesse em nada com o verdadeiro Grilo?

– Por que está me olhando assim, de esguelha? – perguntou Willie May.

— Fiz uma coisa para você — disse Rob, rapidamente, antes que perdesse a coragem.

— Fez uma coisa para mim? — disse Willie May. — É mesmo?

— É. Abra a mão e feche os olhos.

— Não fecho — disse Willie May. Mas sorriu, fechou os olhos e estendeu a enorme mão espalmada, onde Rob pôs o passarinho com todo o cuidado.

— Agora pode olhar — disse ele.

Ela fechou os dedos em torno do pequeno pedaço de madeira, mas não abriu os olhos. Ficou tragando o cigarro; e a cinza comprida que se acumulou em sua ponta tremia.

— Não preciso olhar — disse ela, por fim. A cinza do cigarro caiu no chão. — Sei o que tenho na mão. É o Grilo.

— Mas você tem que olhar e me dizer se eu acertei — disse Rob.

— Não tenho que olhar nada — disse Willie May. — Só tenho que continuar negra até morrer — abriu os olhos lentamente, como se tivesse medo de que o pássaro se assustasse e saísse voando. — É o passarinho certo — disse ela, meneando a cabeça. — É ele mesmo.

— Agora você já não precisa sonhar com ele — disse Rob.

— É isso mesmo — disse Willie May. — Onde você aprendeu a entalhar madeira desse jeito?

— Com minha mãe — disse Rob.

Willie May balançou a cabeça. — Ela ensinou bem.

— É — disse Rob, olhando para as pernas. — Sei que um passarinho de madeira não é igual a um de verdade.

— Não é — concordou Willie May. — Mas me alegra o coração do mesmo jeito.

— Meu pai disse que não tenho nada para fazer até de tarde. Ele disse que eu posso ajudá-la esta manhã.

— Bem — disse Willie May, colocando o passarinho no bolso dianteiro do vestido. — Acho que posso descobrir um jeito de você me ajudar.

Assim, Rob passou a manhã seguindo Willie May de quarto em quarto, tirando os lençóis sujos das camas. E, enquanto trabalhava, as chaves tilintavam em seu bolso, e ele sabia que logo Sistina chegaria da escola e tornaria a lhe pedir para abrir a jaula e soltar o tigre.

Capítulo 24

— Onde está a profetisa? — perguntou Sistina, assim que desceu do ônibus. Seu vestido era de um tom brilhante de laranja, todo estampado com bolinhas cor-de-rosa. Estava com o joelho esquerdo esfolado e sangrando, e com o olho esquerdo inchado.

— Ahn? — disse Rob, olhando-a e tentando imaginar como ela conseguira se meter em tantas brigas em apenas meio período de escola.

— Willie May — disse Sistina. — Onde está ela?

— Está passando aspirador de pó nos quartos — disse Rob.

Sistina avançou resoluta para o Estrela do Kentucky, conversando com Rob sem olhar para trás. — Minha mãe descobriu que eu estava usando suas roupas na escola – disse ela. – E as tirou de mim. Estou com um problema. Ela não quer que eu venha mais aqui.

– Sabe – disse Rob –, você não tem que brigar sempre. Às vezes, se não reagir, eles deixam você em paz.

Ela se virou e o encarou. – Eu quero brigar – disse ela, com raiva. – Quero revidar. Às vezes sou eu que bato primeiro.

– Ah! – disse Rob.

Sistina tornou a lhe dar as costas. – Vou encontrar a profetisa – disse ela, em voz alta. – Vou perguntar o que devemos fazer com o tigre.

– Você não pode falar com ela sobre o tigre – disse Rob. – Beauchamp me disse que eu não devia contar a ninguém, especialmente à Willie May.

Sistina não respondeu e começou a correr. Para não perdê-la de vista, Rob também saiu correndo.

Encontraram Willie May passando aspirador no carpete desgrenhado do quarto 203. Sistina foi até ela e deu-lhe um tapinha nas costas. Willie May virou-se rapidamente, com o punho em riste, como um boxeador.

— Precisamos de umas respostas — gritou Sistina, para suplantar o rugido do aspirador de pó.

Willie May se abaixou e desligou o aspirador.

— Ora — disse ela —, vejam só quem está aqui — e continuava com o punho em riste, como se ainda procurasse alguma coisa para esmurrar.

— O que você tem na mão? — perguntou Sistina.

Willie May abriu a mão e mostrou o passarinho a Sistina.

— Oh! — disse Sistina. E Rob, então, percebeu por que gostava tanto de Sistina. Gostava dela porque, quando ela via alguma coisa bonita, o tom de sua voz mudava. Todas as palavras que ela pronunciava saíam aspiradas, como se tivesse levado um soco no estômago. Era esse seu tom de voz quando falara da Capela Sistina e quando vira seus entalhes. Também quando ela recitara o poema sobre o tigre de viva chama e quando dissera que Willie May era profetisa. Suas palavras tinham o som do sentimento que essas coisas provocavam nele, como se o mundo, o mundo real, tivesse sido perfurado e ele conseguisse ver um pouco do seu outro lado, maravilhoso e surpreendente.

— Foi o Rob que fez? — perguntou Sistina a Willie May.

— Foi ele mesmo — disse Willie May.

— Parece vivo. É igual ao passarinho que você soltou?

— Igualzinho — disse Willie May.

— Eu... — disse Sistina, olhando para Willie May. Então, virou-se e olhou para Rob. — Nós — disse ela —, nós precisamos lhe perguntar uma coisa.

— Perguntem — disse Willie May.

— Se você soubesse de uma coisa que está presa numa jaula, uma coisa grande e bonita, presa injustamente, sem nenhum motivo, e você tivesse as chaves da jaula, você a soltaria?

Willie May sentou-se na cama. Uma nuvem de pó ergueu-se ao redor dela. — Meu Deus! — disse ela. — O que é que vocês têm numa jaula?

— É um tigre — disse Rob. Achou que tinha que dizer isso. Era ele que tinha encontrado o tigre. Era ele que tinha as chaves da jaula.

— Um o quê? — perguntou Willie May.

— Um tigre — disse Sistina.

— Minha nossa! — exclamou Willie May.

— É verdade — disse Sistina.

Willie May sacudiu a cabeça, olhou para o teto. E deu um suspiro profundo de desaprovação. — Muito bem — disse ela. — Por que vocês não me mostram esse tigre preso na jaula?

Capítulo 25

Os três foram caminhando pelo bosque em silêncio. Sistina e Rob mascavam chiclete e Willie May fumava um cigarro, mas ninguém dizia uma palavra.

— Santo Deus! — disse Willie May, quando chegaram à jaula. Olhou para o animal, que andava de um lado para o outro. — Não há motivo para duvidar do poder de Deus se Ele fez uma coisa destas — disse ela. — Quem foi o idiota que prendeu este tigre?

— O dono dele é o Beauchamp — respondeu Rob.

— Beauchamp — repetiu Willie May, enojada, sacudindo a cabeça. — Se existe alguém no mundo que não merece ter um tigre, esse alguém é o Beauchamp.

— Está vendo? — disse Sistina. — Não é justo, não é? É como a história que você contou para o Rob, do seu passarinho que foi embora.

— Uma coisa é um passarinho — disse Willie May. — Um tigre que pertence a Beauchamp é outra coisa completamente diferente.

— Diga ao Rob que ele precisa abrir a jaula e deixar o tigre sair — pediu Sistina.

— Não posso — disse Willie May. — Pensem primeiro no que vai acontecer com este tigre depois que vocês o soltarem. Como ele vai viver?

Rob foi inundado por um alívio triste. Willie May não ia fazê-lo abrir a jaula. Ele não ia perder o tigre.

— Neste bosque há panteras — argumentou Sistina. — E elas sobrevivem.

— Sobreviviam — disse Willie May. — Deixaram de sobreviver.

Sistina pôs as mãos na cintura. — Você não está sendo sincera — acusou ela. — Você não está falando como uma profetisa.

— É porque eu não sou nenhuma profetisa — disse Willie May. — Sou apenas uma pessoa que está dizendo a verdade. E a verdade é que vocês não podem fazer nada por este tigre.

— Não está certo — disse Sistina.

— O certo não tem nada a ver com o problema — murmurou Willie May. — Às vezes o certo não conta.

— Não vejo a hora de meu pai vir me buscar — disse Sistina. — Ele sabe o que é certo. Ele vai libertar este tigre.

Rob olhou para Sistina. — Seu pai não vem buscar você — disse ele, suavemente, balançando a cabeça, surpreso por, de repente, se dar conta da verdade.

— Meu pai vem me buscar! — disse Sistina, apertando os lábios.

— Não — disse Rob, com tristeza. — Não vem. Ele é mentiroso. Como sua mãe disse.

— Mentiroso é você! — disse Sistina, com a voz gélida e sombria. Seu rosto estava tão branco que até parecia brilhar. — E eu detesto você! — disse ela a Rob. — Todo o mundo lá na escola também detesta você. Você é um maricas. Não quero vê-lo nunca mais.

Ela se voltou e se afastou, enquanto Rob sentia o efeito de suas palavras. Sentiu-as atingindo-lhe a pele como estilhaços de vidro. Teve medo de se mexer. Teve medo de que eles penetrassem no fundo de seu ser.

— Ela não sabe o que está falando — disse Willie May. — Ela não sente nada do que acabou de dizer.

Rob levantou os ombros. Abaixou-se e coçou as pernas com toda a força. Coçou durante bastante tempo, enterrando as unhas cada vez mais fundo, tentando chegar à raiz da coceira que não saía de lá.

— Pare com isso! — ordenou Willie May.

Rob ergueu os olhos para ela.

— Vou lhe dizer uma coisa — disse ela. — Eu adoraria ver esse tigre sair dessa jaula. É isso mesmo, gostaria muito. Adoraria vê-lo se erguer e atacar Beauchamp; seria um castigo merecido por ele manter um animal selvagem enjaulado, por colocar você nesta confusão, por lhe dar as chaves da jaula. Vamos embora — acrescentou, agarrando a mão de Rob. — Vamos sair daqui.

Enquanto voltavam para o Estrela do Kentucky, Rob pensava no que Willie May tinha dito sobre o tigre se erguer. Então lembrou-se do que ela dissera sobre sua tristeza: que a tristeza precisa subir. E, pensando nas duas coisas juntas, no tigre e na tristeza, a verdade ficou pairando no ar até descer e pousar-lhe suavemente no ombro. Então, ele soube o que fazer.

Capítulo 26

Rob deixou Willie May no hotel e rumou para a estrada.

— Sistina! — gritava ele, correndo. — Sistina!

Como por milagre, de repente ele avistou seu vestido laranja de bolinhas cor-de-rosa brilhando no horizonte. Era Sistina Bailey.

— Ei! — gritou ele. — Sistina! Tenho uma coisa para lhe dizer.

— Eu não falo mais com você — gritou ela. Mas se deteve e virou-se para ele, pondo as mãos na cintura.

Rob apressou o passo.

— Quero lhe falar sobre o tigre — disse ele, ao chegar junto dela.

— Falar o quê?

— Estou pensando num jeito de libertá-lo — disse Rob.

Sistina franziu os olhos. — Você não vai fazer isso — disse ela.

— Vou sim — ele respondeu. Então tirou as chaves e mostrou-as, todo orgulhoso, como se as tivesse feito surgir do nada, como se elas nunca tivessem existido. — Vou fazer isso. Vou fazer por você.

— Oláááááá!!!!! — gritou alguém. Rob voltou-se e viu Beauchamp aproximando-se deles velozmente, em seu jipe vermelho.

— Oh, não! — sussurrou Rob.

— É ele? — cochichou Sistina.

Rob confirmou, meneando a cabeça.

Beauchamp aproximou-se do acostamento, espirrando lama e água por todo lado.

— Está fazendo exercício ao ar livre? — berrou ele.

Rob levantou os ombros.

— Fale — rugiu Beauchamp, saindo do jipe e avançando para eles. Rob guardou as chaves rapidamente no bolso. Seu coração bateu forte uma vez, como se o advertisse para ficar quieto, e logo em seguida voltou a bater normalmente.

— Ora, vejam só! – disse Beauchamp, ao ver Sistina. – Você já está correndo atrás das meninas, não é? Então é dos meus! Essa é sua namorada? – prosseguiu ele, dando um tapinha nas costas de Rob.

— Não, senhor – disse Rob, olhando para Sistina. A menina olhava com tanta raiva para Beauchamp, que Rob teve medo de que o homem se incendiasse.

— Tenho mais mercadoria para você – disse Beauchamp. Deixei-a lá no hotel, com Ida Belle.

— Sim, senhor – disse Rob.

— Como é o seu nome, coisinha linda? – disse Beauchamp, virando-se para Sistina.

O coração de Rob bateu forte de novo. Só Deus sabia o que Sistina diria a Beauchamp.

Mas, como sempre, Sistina o surpreendeu. Sorriu com doçura para Beauchamp e disse:

— Sissy.

— Ora, é um belo nome – disse Beauchamp. – Por alguém com esse nome vale a pena correr pela estrada – e, voltando-se para Rob, acrescentou: – Lembre-se do nosso trato. Está guardando seu segredo, não é mesmo?

— Sim, senhor – disse Rob.

Beauchamp deu uma piscadela. O palito de dente dançou-lhe na boca.

— Tenho uns negócios para resolver na cidade — disse ele, apertando o ombro de Rob com força. — Você e sua amiguinha tratem de não arrumar confusão, estão ouvindo?

— Sim, senhor — disse Rob.

Beauchamp voltou para o jipe. Rob e Sistina, lado a lado, ficaram observando-o entrar no carro e sumir na estrada.

— Ele tem medo — disse Sistina. — Ele tem medo do tigre. Por isso está fazendo você alimentá-lo.

Rob concordou com a cabeça. Essa era mais uma verdade que descobrira sem saber, da mesma forma que soubera que o pai de Sistina não viria buscá-la. Em algum lugar, bem lá no fundo de seu ser, decerto ele sabia de mais coisas do que jamais sonhara.

— Desculpe... — disse ele. — O que falei sobre o seu pai... Desculpe.

— Não quero falar sobre o meu pai — disse Sistina.

— Talvez ele *venha* buscar você.

— Ele não virá me buscar — disse Sistina, balançando a cabeça. — E eu não estou nem aí. Não tem importância. O que importa é o tigre. Vamos. Vamos libertá-lo.

Capítulo 27

A primeira chave abriu o cadeado com tanta facilidade que Rob se surpreendeu. Ia ser fácil deixar o tigre escapar.

— Rápido — disse-lhe Sistina. — Abra depressa os outros cadeados.

Ele abriu o segundo e o terceiro cadeados. Então, foi tirando um a um e passando-os para Sistina, que os depositava no chão.

— Agora abra a porta — disse ela.

O coração de Rob deu um salto e se agitou em seu peito. — E se ele nos devorar? — perguntou ele.

— Ele não vai fazer isso — disse Sistina. — Vai nos deixar em paz por gratidão. Somos seus libertadores.

Rob escancarou a porta.

— Saia da frente — gritou ele, e os dois saltaram para trás, afastando-se da porta e esperando. Mas o tigre os ignorou. Continuou a andar de um lado para o outro na jaula, indiferente à porta aberta.

— Vá embora — disse-lhe Rob.

— Você está livre — sussurrou Sistina.

Mas o tigre nem olhou para a porta.

Sistina arrastou-se para a frente, agarrou a jaula e a sacudiu.

— Saia! — gritou ela. — Venha me ajudar — disse, voltando-se para Rob. — Ajude-me a fazê-lo sair.

Rob agarrou a tela da jaula e a sacudiu. — Saia — disse ele.

O tigre parou de andar e se voltou para observá-los agarrados à jaula como macacos.

— Vá embora — gritou Rob, com súbita fúria, sacudindo a jaula com mais força e gritando. Jogou a cabeça para trás e começou a berrar. Viu que o céu acima deles estava carregado de nuvens, o que o enfureceu ainda mais. Berrou mais alto; berrou para o céu escuro, sacudindo a jaula com todas as forças.

Sistina colocou a mão em seu ombro. — Psiu! — disse ela. — Veja, ele está saindo.

Então eles viram o tigre saindo da jaula com graça e delicadeza. Ele ergueu o focinho e farejou o ar. Deu um pequeno passo, depois mais um. Então, parou e ficou quieto. Sistina bateu palmas; o tigre voltou-se para os dois com os olhos em brasa. E saiu correndo.

Corria com tanta rapidez que Rob achou que estivesse voando. Seus músculos se moviam como um rio; era difícil acreditar que uma jaula o tivesse mantido prisioneiro. Parecia impossível.

O tigre continuou a saltar sobre o capim, afastando-se cada vez mais de Rob e Sistina. Parecia o sol, nascendo e se pondo repetidas vezes. Observando-o, Rob sentiu seu próprio coração subir e descer, batendo compassadamente.

Capítulo 28

— Oh! — disse Sistina, naquele tom de voz que Rob adorava. — Veja! — prosseguiu ela. — Foi a coisa certa. Fizemos a coisa certa.

Rob meneou a cabeça. Mas em sua mente viu um clarão verde e lembrou-se do que acontecera ao Grilo.

— O quê? — disse Sistina, virando-se para ele. — Em que você está pensando?

Rob sacudiu a cabeça. — Nada — disse ele.

"Rooobert!" O som de seu nome chegou flutuando até eles, vindo do hotel.

— É meu pai — disse ele, confuso. — Meu pai está me chamando.

E, então, ouviram o grito agudo e desesperado de Willie May. — Minha nossa!

Depois, ouviram o disparo de um rifle.

Os dois ficaram imóveis, perplexos e em silêncio. Quando Willie May saiu correndo do meio dos pinheiros e os viu, ela se deteve. — Obrigada, meu Deus — disse ela, olhando para o céu. — As duas crianças estão inteiras. Obrigada. Venham — disse ela, abrindo os braços. — Venham comigo.

Rob foi andando ao encontro dela. Queria dizer que ela estava enganada. Queria dizer-lhe que se sentia dilacerado. Mas não teve forças nem coragem para dizer nada; só conseguia colocar um pé diante do outro. Só conseguia continuar caminhando ao encontro de Willie May.

Willie May levou-os de volta ao hotel. E, quando Rob viu o tigre no chão e o pai em pé ao lado dele, segurando o rifle, sentiu algo erguer-se dentro dele, uma raiva tão grande e poderosa quanto o tigre. Maior.

— Você o matou — disse ao pai.

— Tive que matá-lo — disse o pai.

— Esse tigre era meu! — gritou Rob. — Você o matou! Você matou o meu tigre! — correu para o pai e o atacou. Bateu-lhe com os punhos fechados. Chutou-o. Mas o pai ficou imóvel como uma parede. Segurou o rifle acima da cabeça, manteve os olhos abertos e recebeu cada um dos golpes sem piscar.

E Rob percebeu que o ataque não seria o suficiente. Então, fez uma coisa que achou que nunca faria. Abriu a mala e deixou as palavras saltarem de dentro dela, elásticas e explosivas.

– Queria que tivesse sido você! – gritou ele. – Queria que você tivesse morrido! Odeio você! Não é de você que eu preciso. Eu preciso dela! Eu preciso dela!

O mundo e tudo o que há nele pareceram parar de girar.

Rob olhou para o pai.

O pai olhou para Rob.

– Diga o nome dela! – gritou Rob em meio ao silêncio. – Diga!

– Carolina – sussurrou o pai, com o rifle ainda acima da cabeça e os olhos abertos.

E, com aquela palavra, com o breve som do nome da mãe, o mundo tornou a se mover; como um velho carrossel, tornou a girar. O pai baixou o rifle e estreitou Rob.

— Carolina — sussurrou o pai. — Carolina, Carolina, Carolina.

Rob enfiou o rosto na camisa do pai. Ela cheirava a suor, terebintina e folhas verdes. — Eu preciso dela — disse Rob.

— Eu também preciso dela — disse o pai, apertando Rob contra o peito. — Mas não a temos. Nem eu, nem você. O que temos, tudo o que temos, é um ao outro. E precisamos aprender a lidar com isso.

— Eu não vou chorar — disse Rob, fechando os olhos. Mas as lágrimas vazavam. Então, começaram a sair aos borbotões, e ele não as conseguia deter. Era um choro que vinha do fundo dele, do lugar onde sua mãe estivera, do mesmo lugar onde o tigre estivera mas já não estava.

Rob olhou para cima e viu o pai enxugando os próprios olhos.

— Tudo bem — disse o pai, abraçando-o com força. — Está tudo bem — disse ele. — Você está bem.

Então Rob se voltou e viu Willie May segurando Sistina como se fosse um bebê, embalando-a e dizendo *psssiu*.

Willie May olhou para ele. – Nem pense em bater em mim agora – disse ela.

– Não, senhora – disse Rob. Limpou o nariz com as costas da mão e se soltou dos braços do pai.

– Eu fui chamar seu pai – disse Willie May, enquanto embalava Sistina. – Pressenti o que vocês iam fazer. E nem dá para imaginar o que aquele tigre teria feito depois de sair daquela jaula. Fui buscar seu pai para que ele salvasse vocês.

– Sim, senhora – disse Rob.

O menino foi até junto do tigre, cujos olhos ainda estavam abertos. O buraco da bala na cabeça era vermelho e pequeno; não parecia suficientemente grande para matá-lo.

– Vamos, ponha a mão nele – disse Sistina.

Rob a viu ao lado dele, com o vestido todo amarfanhado e os olhos vermelhos. Rob olhou para ela, que balançou a cabeça. Então ele se ajoelhou, estendeu a mão, colocou-a na cabeça do tigre e sentiu as lágrimas tornarem a lhe subir aos olhos.

Sistina agachou-se ao lado dele e também pôs a mão no tigre. – Ele era tão bonito! – disse ela. – Era das coisas mais bonitas que eu já vi.

Rob concordou com um aceno de cabeça.

— Precisamos fazer um enterro para ele — disse Sistina. — Ele tombou como um guerreiro. Temos que enterrá-lo como se deve.

Rob sentou-se junto do tigre e correu várias vezes a mão em seu pêlo áspero, enquanto as lágrimas desciam-lhe pelo rosto e pingavam no chão.

Capítulo 29

Rob e o pai cavaram um buraco bem fundo, largo e escuro, para receber o tigre. Não parava de chover.

— Temos que dizer umas palavras para ele — disse Wilie May, depois que puseram o tigre na cova. — Não se pode enterrar nada sem dizer umas palavras.

— Vou recitar o poema — disse Sistina, cruzando as mãos diante de si e olhando para o chão: — Tigre, tigre, viva chama, que as florestas da noite inflama — declamou ela.

Rob fechou os olhos.

— Que olho ou mão imortal poderia traçar-te a horrível simetria? — prosseguiu Sistina. — Em que abismo ou céu longe ardeu o fogo dos olhos teus? Com que asas te alçaste aos céus?

Para Rob, as palavras soavam como música, mas ainda mais suaves. Seus olhos tornaram a encher-se de lágrimas. Agora que começara a chorar, tinha medo de nunca mais parar.

— É só o que eu lembro — disse Sistina depois de um instante. — Tem mais para dizer, mas não consigo lembrar. Agora você diz alguma coisa, Rob — acrescentou ela.

— Não tenho nada a dizer — disse Rob —, só que eu o amava.

— Bem — disse Willie May —, o que eu tenho a dizer é que nunca tive boas experiências com animais enjaulados — levando a mão ao bolso do vestido, tirou o passarinho de madeira, inclinou-se e depositou-o em cima do tigre. — Isso não é nada — disse ela ao tigre —, apenas um passarinho para lhe fazer companhia — e afastou-se da cova.

O pai de Rob limpou a garganta. Começou a cantar baixinho e Rob achou que ele fosse levantar a voz, mas, em vez disso, balançou a cabeça e disse: — Eu tive que matá-lo. Lamento muito, mas tive que matá-lo. Por Rob.

Rob encostou-se no pai e, por um instante, teve a impressão de que o pai também se encostava nele. Então, Rob pegou a pá e começou a cobrir o tigre com terra. Enquanto se ocupava disso, sentiu que uma coisa dançava e esvoaçava em seu braço. Rob olhou, sem saber do que se tratava, e viu que era o sol, que aparecera em tempo para o enterro.

— Desculpe por eu ter feito você fazer isso — disse Sistina a Rob, quando o menino terminou sua tarefa. — Ele não teria morrido se eu não tivesse forçado você a soltá-lo.

— Tudo bem — disse Rob. — Não me arrependo do que fiz.

— Podemos fazer uma lápide para ele — disse Sistina. — E podemos trazer flores para colocá-las em seu túmulo, flores frescas, todos os dias — acrescentou, colocando a mão na dele. — Eu não quis ofender quando chamei você de maricas. E não odeio você. Você é meu melhor amigo.

Durante toda a volta para o Estrela do Kentucky, Rob ficou de mãos dadas com Sistina. Encantou-se ao perceber como a mão da menina era pequena e como lhe fazia bem segurá-la.

E também se encantou ao descobrir que se sentia diferente por dentro, muito mais leve, como se tivesse se livrado de um peso e se afastado dele, sem se preocupar em olhar para trás.

Capítulo 30

Aquela noite, o pai cantou para Rob enquanto lhe passava o remédio nas pernas. Cantou a canção sobre a mineração de ouro que ele costumava cantar com a mãe de Rob. Quando terminou de cantar e de passar o remédio, limpou a garganta e disse:

— Carolina gostava muito dessa canção.

— Eu também gosto — disse Rob. — Eu também gosto.

O pai se levantou. — Você vai ter que dizer ao Beauchamp que foi você quem soltou o tigre.

— Tudo bem — disse Rob.

— Vou dizer a ele que fui eu que atirei no bicho, mas você vai ter que admitir que o soltou.

— Tudo bem — Rob voltou a dizer.

— Posso perder meu emprego por causa disso — disse o pai.

— Eu sei — disse Rob. Mas não estava com medo. Pensou nas mãos trêmulas de Beauchamp. O homem era um covarde. Agora sabia disso. — Acho que vou dizer a ele que posso trabalhar para pagar pelo que fiz.

— Você pode lhe fazer uma proposta razoável — disse o pai —, mas isso não quer dizer que ele vá aceitá-la. Beauchamp é um homem imprevisível. Tudo o que sabemos é que vai ficar furioso.

Rob concordou, meneando a cabeça.

— E, na segunda-feira — prosseguiu o pai —, vou dizer ao diretor que você vai voltar à escola. Não vou mais ficar levando você ao médico. Você vai voltar e ponto final.

— Tudo bem — disse Rob. Ele não se importava em voltar à escola, pois Sistina estaria lá com ele.

O pai limpou a garganta. — Para mim, é difícil conversar sobre a sua mãe. Nunca pensei que fosse sentir tanto a falta de alguém como sinto a dela. Dizer o nome dela é doloroso — baixou a cabeça e se concentrou em colocar a tampa no tubo de remédio. — Mas vou dizer, por sua causa — disse ele. — Vou tentar por sua causa.

Rob olhou para as mãos do pai. Eram as mãos que haviam segurado o rifle que matara o tigre. Eram as mãos que passavam o remédio em suas pernas. Eram as mãos que o abraçaram quando ele chorou. Eram mãos complicadas, pensou Rob.

— Você vai querer macarrão com queijo para o jantar? — perguntou o pai, tornando a olhar para Rob.

— Boa idéia — disse Rob. — Muito boa idéia.

Aquela noite, Rob sonhou que ele e Sistina estavam junto do túmulo do tigre, observando e esperando. Ele não sabia o quê. Mas, então, viu um bater de asas verdes e entendeu. Era o passarinho que ele entalhara, só que não era feito de madeira, era de verdade. O passarinho saiu voando do túmulo do tigre, e os dois foram atrás dele, rindo e esbarrando um no outro. Tentaram apanhá-lo, mas não conseguiram. O passarinho voava cada vez mais alto, até que desapareceu num céu parecido com o teto da Capela Sistina. Rob parou e olhou para o céu, admirando todas as figuras e as cores, vendo o passarinho desaparecer entre elas.

— Está vendo? — disse Sistina, sempre no sonho. — Eu lhe disse que pareciam fogos de artifício.

Rob acordou sorrindo, olhando para o teto do quarto do hotel.

— Adivinhe uma coisa — disse-lhe o pai lá de fora.

— O quê? — respondeu Rob.

— O céu está sem nenhuma nuvem — disse o pai. — É isso.

Rob balançou a cabeça. Ficou na cama, vendo o sol abrir caminho através da cortina. Pensou em Sistina e no tigre que iria fazer para ela. Pensou no tipo de madeira que usaria e no tamanho que teria o tigre. Pensou em como Sistina ficaria feliz ao vê-lo.

Ficou na cama e pensou no futuro; lá fora, a pequena estrela de néon do luminoso subia e descia, subia e descia, competindo bravamente com a luz do sol matinal.